LA RAÍZ DE LA HOGUERA

Rose Marie Tapia R.

I.S.B.N 9789962002031
Portada.Kevin Reimer
Copyright © 2005.
Rose Marie Tapia

CAPÍTULO 1

Parada sobre la tumba de Vittoria Scola, en medio del cementerio de Plaona, en Florencia. Paola Moreno Finamore se convenció de que había tomado el camino correcto en la búsqueda de sus antepasados. Al verla absorta en su contemplación del campo santo de la cercana iglesia de Santa María Novella, parecida en su postura a una de las muchas estatuas colocadas sobre los sepulcros y bajo las arcadas góticas, Isabel, su amiga en la aventura iniciada casi un mes antes en la ciudad de Panamá, sintió que un estremecimiento y una súbita ola de frío le recorrían el cuerpo. Con voz entrecortada por el temor, le preguntó:

—¿Qué pasa?

La respuesta logró estremecerla aún más, quizás por el tono con el que fue expresada.

—Mi *cara sorella*. No te asustes, pero estoy segura de encontrarme parada sobre mi propia tumba.

Isabel se sentía parte de un hecho inexplicable que le producía una honda confusión; estaba allí, a decenas de horas de vuelo de su hogar, en medio de un paraje extraño, acompañando a su mejor amiga en un supuesto viaje hacia las raíces, y ahora la escuchaba expresarse de aquel modo extraño que la atemorizaba.

—Paola, no entiendo.

—Te pido un favor, mira esta lápida y confírmame si aquí dice: "Vittoria Scola, 6 de diciembre de 1414, 6 de diciembre de 1447. Con su vida paga el derecho a saber".

—Sí, así es, es un italiano antiguo, pero…

—Y dime si la tumba de al lado no es la de Lucrecia Scola.

5

—Está bien, allí lo dice, pero ¿qué tiene esto que ver con...?

—¿Aún no lo entiendes, amiga? Esta es mi tumba. ¡Es mi epitafio!

—Paola, por favor, ¡vámonos de aquí! Ya esto dejó de ser hace rato un viaje divertido. ¡Me asustas! ¿Ves? ¡Estoy temblando!

—Oye, espera un momento. Si lo que crees es que estoy loca, pues no, al menos no más que cuando salimos de Panamá para hacer este viaje. Yo te dije entonces que venía a descubrir un secreto de mis antepasados, ¿no fue así?

—Sí. Pero entendí que era uno de los muchos pretextos que uno tiene para ir a conocer el mundo; como un tema de viaje, pero no pensé que nos dedicaríamos a investigar cementerios.

—¿Y dónde crees que encontraré a mis antepasados?

—Está bien, pero no digas que tú eres la finada de la tumba.

—Así es. La mujer que fue enterrada en esta fosa fui yo, y allá están los restos de mi madre. Mira, Vittoria murió el mismo día en que yo nací, solo que quinientos años antes. Observa que falleció a los treinta y tres años, relativamente joven.

—¡Por Dios! Estás diciendo locuras.

—Aunque lo creas así, no son locuras; he llevado estos confusos recuerdos en la mente durante muchísimo tiempo, que ahora salen con tanta claridad. Debe ser porque me encuentro en el lugar donde inició todo.

—Ven, baja de allí, regresemos al hotel.

—No te he contado esto antes, porque no sabía si era un mito familiar, pero ahora ya sé que fue verdad. Una antepasada de mi madre murió en la hoguera, dándole gracias a Dios por ser una de sus escogidas. La acusaron de bruja, de hereje, pero ella lo único que buscaba era el

6

conocimiento. Dicen que en sus últimos momentos vaticinó que su alma no encontraría la paz hasta cuando, quinientos años después, reencarnara en una mujer que llevara su sangre.

—Te juro que si no bajas saldré de aquí y le pediré al taxista que me lleve de vuelta al hotel, ¿entiendes?

A medida que la tarde avanzaba, la temperatura iba descendiendo. Isabel camina hacia la salida, mientras siente que los nombres escritos alrededor de la cripta familiar le hablan, presentándose con cierta elegancia. Todos forman parte de la misma familia Cavello. Girolano, Taddeo, Masolino, Lorenzo, Vicenzo, Stefano, Agnolo, Michellangelo, todos hombres. La temperatura sigue bajando con la tarde; Isabel no puede contener su sobresalto al sentir sobre el hombro la gélida mano de Paola, quien le ha dado alcance.

—¡Caramba! ¡Qué buena compañera me ha tocado! Me abandona sin el menor remordimiento.

—Es que con estas cosas no se juega, soy respetuosa de los muertos.

—No más que yo, por eso es que voy a investigar los hechos que están tras esas historias que oí desde niña y que, al fin, puedo entender mejor.

Antes de salir, ambas mujeres voltean sus cabezas para echar un último vistazo a las antiguas estructuras del cementerio. A esa hora de la tarde parecen más antiguas y más tristes, y Paola tiene la certeza de que allí están las raíces por las que vino hasta el viejo continente.

Camino a la ciudad, el taxista echa de menos la grata conversación que compartieron y las constantes preguntas que le formularon durante el viaje de la ciudad al campo santo; sin embargo, acostumbrado a llevar y atraer turistas, se acomodó a la nueva situación y les permitió sumirse en el silencio mientras las llevaba de vuelta al hotel.

CAPÍTULO 2

Hasta donde Paola recordaba, ella siempre había sido una mujer pragmática, apegada a los hechos, poca amiga de la aventura. Sin embargo, el viaje a Italia se había convertido en una obsesión en los últimos años, y el anunciado propósito de buscar sus raíces fue la forma en que la idea entró en su pensamiento. Isabel, que la conocía bien, advirtió aquel cambio, y hasta la felicitó. Siempre había considerado que su gran amiga, al no dejar nada al azar, le restaba el sentido aventurero a la vida, el que luego serviría para condimentar los recuerdos. Por eso aceptó acompañarla a Italia, el país en el que había hecho sus estudios de Arquitectura, una década atrás.

En realidad, todo comenzó con un sueño recurrente; durante varias noches soñó, casi siempre, con los mismos detalles, viéndose caminar por un paraje solitario, en el cual nunca había estado. La oscuridad de la noche y su creciente temor la obligaban a detenerse en cierto lugar, desde el cual se vislumbraba una pequeña y lejana luz. Ella aligeraba la marcha y poco a poco se acercaba a un local que parecía una antigua taberna. Abría la puerta y entraba; en la estancia se encontraban varias mesas colocadas en forma circular, alrededor de una pequeña barra; en una esquina, un hombre apuesto cantaba en voz alta una canción que no entendía. Eran pocos los parroquianos reunidos. Ella caminaba despacio entre las sillas y los hombres, hasta llegar a la barra y preguntarle al dependiente.

—Señor, ¿cómo se llama este lugar?

El tabernero la miraba desconcertado y con ademanes le decía que no entendía lo que le estaba preguntando. Entonces, uno de los lugareños de avanzada edad, aunque algunas noches era el hombre que cantaba, se

8

acercaba y le decía, en un español extraño, que el nombre de aquel lugar estaba escrito en la pared. Ella levantaba la vista por encima de la cabeza del cantinero y leía "Sala Consilina".

—No puede ser, yo nunca he viajado a este lugar. Yo vivo en Panamá.

—¿Panamá? —preguntaba el desconocido.

—¿Panamá? —coreaban los parroquianos mientras se paraban y venían a rodearla.

En el sueño, Paola sentía desconcierto y un pavor creciente. Cuando iba a llorar, la puerta se abría y daba paso a una mujer rubia, de porte elegante, que con ternura se acercaba a ella, sonriente.

—Yo tengo las respuestas que buscas.

Paola la miraba, reconociéndola a pesar del atuendo antiguo que llevaba.

—Mamá, ¿qué haces en este lugar?

—Querida hija. Aquí estoy con mis antepasados. Soy feliz en este lugar. Desde hace años te estoy esperando. Recuerdas que me prometiste buscar tus raíces.

En ese momento, Paola recordaba que su madre había muerto hacía quince años, y se extrañaba de aquella conversación.

—¡Mamá, pero si estás muerta!

—No, hija. la muerte no existe.

Aquellas palabras tenían la virtud de infundir paz en su espíritu. Paola, trémula de emoción, se echaba en brazos de su madre, besándola en ambas mejillas. En ese preciso instante se sentía caer en un abismo, en un hoyo negro, y despertaba, traspirando y con el rostro bañado en lágrimas.

Cada vez que se repetían esos sueños, ella sentía la emoción de hablar con su madre, y recordaba todas las veces que le había prometido hacer aquel largo viaje en busca de sus antepasados. De ese modo, poco a poco, se

9

introdujo en su mente la idea de que ya era hora de cumplir con aquella promesa que la desvelaba y, sin pensarlo más, apeló al gran espíritu de aventura heredado de sus abuelos europeos, resolvió ir en pos de sus raíces e hizo a un lado una serie de compromisos que hasta ahora la habían maniatado. Sin embargo, no se atrevía a viajar sola. Nunca había estado en Europa y prefería ir con una persona que conociera Italia, el primer país en el itinerario.

Cuando le comentó a Isabel sobre su proyecto, aunque reservándose el detalle de los sueños con su madre, obtuvo de su mejor amiga una entusiasta y rápida respuesta.

—¡Ya tienes la compañera perfecta! ¡Nunca hubieras podido encontrar una mejor!

Unas cuantas semanas más tarde, bien temprano en la mañana, las dos mujeres iban en un taxi, camino al aeropuerto de Tocumen. Isabel se sintió un poco intrigada al ver la melancolía que acompañaba a su amiga, y lo tomó como un posible indicio de que se estaba arrepintiendo de iniciar el largo viaje. Cuando le hizo la pregunta, Paola le dijo que todo estaba bien, que solo pensaba en lo hermosa que se veía la ciudad a esa hora. Un poco más tranquila, Isabel la respaldó.

—Es cierto, vivimos aquí todos los días, pero pocas veces reconocemos esto.

—La mayoría de las personas en el extranjero piensan que lo único importante en Panamá es El Canal. Sin embargo, hay tantos lugares pintorescos y bellos en nuestro país.

—Coincidimos, anoche compré este paquete de postales para obsequiarlas a todas las personas que conozcamos en Europa, y estoy segura de que serán muchas.

Ambas rieron por la ocurrencia y el resto del camino lo emplearon en asegurarse de que llevaban todos los do-

10

cumentos necesarios. En el momento en que abordaban el avión, Paola volvió a experimentar la misma extraña sensación que la invadía durante los sueños con su madre, pero esta vez le llegó en forma de una certeza de que aquella travesía iba a cambiar el rumbo de su existencia. Prefirió no contarle esa experiencia a Isabel, quien en esos momentos se ocupaba de que su equipaje de mano se acomodara en los espacios arriba de sus cabezas.

El trayecto duró varias horas, durante las cuales Isabel, una gran conversadora, logró entretenerla lo suficiente para que el viaje no resultara tan pesado. En el aeropuerto de Roma, al momento de retirar el equipaje, Paola volvió a sentirse invadida por la particular sensación, aunque esta vez era de alegría, ese regocijo especial que se experimenta al volver a casa. Confundida por aquellas extrañas emociones, le solicitó a Isabel que se detuvieran un rato para descansar, pretextando sentirse afectada por la tensión del viaje.

En realidad, deseaba serenarse, ya que no le parecía natural aquel sentimiento de retorno, si ella no había estado nunca en Italia. Su amiga, de saberlo, le diría que estaba dejándose sugestionar, o tal vez se asustaría, así que decidió no hacer comentarios por el momento.

Las dos amigas salieron del aeropuerto, rumbo al hotel. El taxista, un hombre bonachón, de mediana edad, inició enseguida una animada plática con Isabel, quien se encargaba de traducirle las partes más sabrosas, aunque Paola entendía bastante bien el tema. El hombre ponderaba la belleza de Roma, y describía su ubicación, localizada a lo largo de la ribera del río Tíber, bulliciosa, cosmopolita, con innumerables atracciones que la convertían en un lugar fascinante. También dijo que su ciudad era un paradigma de la civilización, en cuyo progreso se combinaba la devoción por el pasado con los grandes avances del presente, y que por eso se le conocía como la ciudad eterna.

Tan entretenidas estaban en la conversación y en la admiración del paisaje que fue el propio taxista el que tuvo que anunciarles que se encontraban en el Hotel Vittoria. Paola había escogido aquel lugar cuando examinó la lista de hoteles, atraída por aquel nombre tan familiar, desechando otras sugerencias de Isabel. Hasta se sabía la dirección de memoria. Vía Campania 41, Roma 00187. Les correspondió una pieza confortable, con un estilo distinguido, decorada con sobriedad y sin lujos excesivos.

Asomada al balcón, con los perfiles de Roma encendiéndose con el atardecer, Paola no pudo evitar decirle a su amiga que dentro de ella se incubaba la certeza de que ya había vivido allí muchos años atrás.

—*Déjà vu*. Dicen los psicólogos que es un truco del cerebro, una forma de combinar experiencias vividas con imágenes salidas de nuestra imaginación. Eso nos lleva a creer que ya hemos estado en un lugar, o que ya hemos realizado algo, aunque no sea así.

En cierto modo, agradeció la forma en que su amiga había interpretado su desazón. No se sentía con ánimos de empezar una discusión sobre el valor objetivo o subjetivo de sus emociones. Se quedó un rato en el balcón, respirando el aire fresco, relajándose ante tanta belleza, hasta que se sintió más sosegada. Entró a la habitación, en silencio, seguida de cerca por la mirada de Isabel.

—Suéltalo de una vez, Paola. ¿Qué es lo que pasa? ¿Por qué ese silencio? Y no me vengas con tonterías; nunca hemos tenido secretos, pero desde el avión te estoy notando rara. ¿Hay algo que yo no sé?

—La verdad es que no quería asustarte. Tú siempre has dicho que no te gustan los eventos inexplicables.

—La que me resulta inexplicable ahora mismo eres tú, así que dime qué pasa.

—Está bien. Trataré de explicarte. desde que salimos

de Panamá experimenté una extraña sensación y ahora que llegamos a Roma me he sentido como quien regresa a casa, como si hay algo de familiar en cada cosa. Y eso no es natural, yo nunca he venido a Italia.

—Vamos, eso no es tan raro. Deseaste hacer este viaje desde hace tiempo, has leído bastante sobre Italia en los últimos días.

—Es más que información cultural lo que está detrás de esto. En verdad, yo siento que las sensaciones no son de ayer, ni de hace años.

—¿Ah no? ¿Y de cuándo entonces?

—De siglos, Isabel, de muchos siglos.

—Mira, hermana, lo que pasa es que ese viaje fue largo. Tú sabes cuánto he admirado siempre esa intuición o, como tú dices, la elevada percepción sensorial que posees. Pero, por ahora, vamos a ver si me archivas esas antenitas y te decides a proseguir solo con el sentido común. De aquí nos vamos a cenar, luego descansamos y mañana se te habrá pasado eso. ¿De acuerdo?

Paola aceptó la sugerencia. Fueron a cenar algo liviano y regresaron temprano a su habitación, procuraron hablar de asuntos triviales y del itinerario que habían planeado para los próximos días. Isabel le había prometido llevarla a sitios interesantes y, a partir del día siguiente, estaba dispuesta a cumplir su palabra.

CAPÍTULO 3

Sin ser hermosa, Isabel era una mujer interesante, de personalidad definida y con un porte distinguido. De piel cobriza, mediana estatura, cabellos negros y ojos pardos, lo que más resaltaba en ella era su inteligencia y la profundidad de sus sentimientos, que la hacían una amiga ideal.

Durante todo el día habían visitado lugares históricos irremplazables, en el sector de la Roma antigua, y una que otra tienda, siempre de la mano de Isabel. Al final, se extenuaron y decidieron que al día siguiente se inscribirían en alguno de los numerosos tours guiados que se habían encontrado durante su recorrido.

Ahora, las dos amigas estaban en una cafetería cercana al hotel, recordaron las experiencias de la jornada y platicaron sobre los lugares que les interesaba visitar. Isabel había visto, con disimulada molestia, cómo Paola había abordado a varias personas en las calles y en los sitios visitados, con el único fin de preguntarles por sus apellidos, los que anotaba en una libreta. En una pausa de la conversación, se había levantado para hacerles la misma pregunta a los comensales de las mesas cercanas, por lo que consideró necesario ponerle coto a esa situación.

—Paola, por Dios, ¿a cuántas personas les has hecho la misma pregunta sobre tus apellidos en el día de hoy?

—Déjame en paz, practico el idioma y hago un trabajo que para mí es importante.

—No te disgustes, lo que pasa es que tu comportamiento no es normal, mira esas personas cómo nos observan. Creerán que somos espías, o terroristas.

—Pueden creer lo que se les antoje.

14

Isabel sabía bien cuál era el propósito de la visita de Paola a Italia, pero deseaba hacerla comprender que aquel método no era el más adecuado. Sin embargo, lo que menos deseaba era iniciar una controversia con su amiga. Por eso procuró cambiar el tema de conversación e inició una especie de lección sobre los vinos que aparecían en la carta de la cafetería.

Mientras la escuchaba, Paola se percató de que un hombre sentado en una esquina de la cafetería, a quien ella no se había acercado a preguntarle sobre sus apellidos, las miraba desde que entraron al lugar. Hubo un momento en que intentó sostenerle la mirada, para hacerlo desistir de su observación, sin lograrlo, por lo que sintió que era mejor marcharse. Cuando salían, logró ver que el hombre las seguía durante el corto trecho hasta el hotel, y luego, desde el balcón, lo vio parado en la calle. No le hizo ningún comentario a Isabel, estaba segura de que ella diría que era la consecuencia inmediata de sus impertinentes preguntas a desconocidos.

Al día siguiente, temprano, mientras desayunaban en la cafetería del hotel, antes de salir a cumplir con su itinerario del día, Paola vio al mismo hombre de la noche anterior, quien se les acercó con mucha gentileza para saludarlas, preguntándoles que si podía compartir su mesa. Fue Isabel la que le manifestó que estarían encantadas de hacerlo, el asombro de Paola no le permitió emitir el más mínimo comentario.

El recién llegado era un tipo espectacular, de unos cincuenta años, delgado, de piel canela, cabellos rubios cenizos y ojos color de miel. Se expresaba en italiano, y aunque era Isabel la que le seguía la conversación, él miraba con insistencia a Paola. En un súbito cambio de tema, les dijo que se había acercado a su mesa, admirado por el gran parecido que existía entre ella y una lejana antepasada suya, llamada Vittoria.

15

Paola entendió la alusión, pero quiso ganar tiempo pidiéndole a Isabel que sirviera como intérprete. En realidad, estaba conmovida que la asociaran con ese nombre tan significativo para ella.

Cuando quiso saber más sobre la antepasada de su nuevo amigo, este les comentó que conservaba un hermoso retrato de ella, en el que se precisaban los mismos rasgos faciales que adornaban a Paola, y que tal vez habría la ocasión para que ellas fueran a verlo.

Isabel iba a interpretar esta respuesta, pero desistió al notar que su amiga le respondía al hombre en perfecto italiano, mientras averiguaba sobre la forma en que había muerto y otros detalles que parecían interesarle mucho.

—Un momento, Paola; ¿cómo es que yo he tenido que estar traduciéndote los últimos días y ahora resulta que hablas en italiano mejor que yo? ¿Crees que esto es justo?

El hombre se echó a reír ante lo que creía un juego entre las dos amigas y, sin dar tiempo a su respuesta, le explicó a Paola que su bisabuela contaba que ella era descendiente de una mujer famosa, llamada también Vittoria, a quien habían quemado en la hoguera por practicar la alquimia. Agregó que en su familia se tenía esa historia como una leyenda, aunque había quienes aseguraban que todo eso era real.

—Oigan, yo sigo aquí, no me he ido. Lo primero que vamos a hacer es a poner orden. Ya oigo que hablan de sus más remotos orígenes, mientras que en el presente no nos conocemos. Así que hagamos las correcciones pertinentes. yo soy Isabel y mi amiga se llama Paola.

El desconocido las mira, mientras busca las palabras para expresarse.

—¡No puede ser! ¡No lo puedo creer! Paola se llamaba mi hija, murió en un accidente automovilístico junto con mi esposa Antonieta, hace cuatro años.

16

A medida que decía esto, las lágrimas comenzaron a correr por su rostro. Luego, recuperado de su manifestación de dolor, prosiguió.

—Discúlpenme, por favor. Me llamo Agnolo, vivo en Florencia. Estoy aquí por un asunto de negocios.

Luego de las presentaciones, conversaron un rato más sobre distintos temas y Agnolo les prometió invitarlas a conocer su ciudad natal. Cuando se despidieron, y después de prometerles que las buscaría en el hotel al día siguiente, el hombre le dice a Isabel.

—Estoy seguro de que fue Paola la que escogió este hotel.

—Así es, pero ¿cómo lo sabes?

—No me lo preguntes a mí, pregúntaselo a tu amiga. Ella sabe por qué lo digo.

Isabel pensó que ya era bastante tarea la de aguantarse los enigmas de Paola para que ahora viniese Agnolo con misterios similares. Eso sí que le parecía el colmo, pero se reservó los comentarios. Cuando Agnolo se retiró, Paola, sin rodeos, alertó a Isabel.

—Pienso que es mejor evadirlo. Hay algo en él que me hace desconfiar. No puedo definirlo en estos momentos, pero olfateo algo raro. Me da la impresión de que es un hombre peligroso, y que no se acercó a nosotras con buenas intenciones. Presiento que su historia del accidente de su esposa e hija fue inventada, y que su dolor y su llanto eran fingidos.

Isabel estaba fastidiada por los cambios inexplicables en la conducta de su amiga. Durante toda la travesía habían corrido riesgos innecesarios y ahora era ella la que insistía en que se cuidaran. Sin embargo, la advertencia era válida.

—No sé qué decirte, pero no solo tú presentiste eso. Así que, no hablemos más del asunto. Evadiremos su presencia y asunto resuelto.

—Me parece bien-

—¡Ah! Un momento, ¿podrías darme la receta para aprender italiano en tan breve tiempo?

—Vamos, no es ningún secreto. Este es un viaje que tenía en mente desde hace muchos años, así que venía estudiando el idioma poco a poco, lo que me faltaba era la oportunidad y la práctica.

—¿Y por qué no me dijiste eso desde antes?

—Porque no estaba segura de cuánta fluidez había adquirido; solo cuando vi que era el momento oportuno me decidí a emplearlo.

—¡Qué bien! Ya temía que fuera otra de esas extrañas ocurrencias tuyas.

Después de desayunar, Isabel y Paola se dirigieron a una agencia de viajes para que las inscribieran en una visita guiada por la ciudad. El recorrido estaba lleno de lugares interesantes, y Paola hizo todo el esfuerzo posible para concentrarse en las descripciones del guía turístico.

—La Basílica de San Pedro fue construida en el año 324 por Constantino en honor al apóstol San Pedro, fue embellecida y retocada por artistas como Rafael, Miguel Ángel y otros. Como pueden observar, presenta nueve balcones, entre los cuales está la Galería de las Bendiciones, llamada así porque es el lugar donde el Santo Padre imparte las bendiciones. La última puerta que ven a la derecha es la Puerta Santa que el Papa abrió el Año del Jubileo.

Al ingresar a la Basílica, Isabel le hace notar que se encontraban delante de la más famosa construcción sagrada, colmada de santas reliquias y grandes tesoros artísticos. Ambas escuchan la explicación de que allí, en la Capilla de la Piedad, se encuentra la célebre obra de Miguel Ángel, que representa al Cristo acostado en los brazos de su madre, la viva imagen de La Piedad. Paola procura absorber cada una de las palabras del guía.

—Delante de la Basílica de San Pedro verán abrirse la plaza más grande de Roma. la Plaza de San Pedro; su Basílica domina la ciudad de Roma y se convierte en el punto de convergencia ideal, pero no olviden que, por un lado, nos recuerda la humilde tumba de piedra de Pedro y por otro la roca fundamental sobre la cual Cristo fundó su Iglesia.

Luego vendrán la Basílica Santa María la Mayor, Virgen que emociona a Paola, y mucho más cuando escucha decir que se trata de la Basílica más antigua en Occidente entre las dedicadas a Santa María. Más tarde pasan por el Coliseo Romano, el cual ya había visto de lejos el día anterior, y ahora la deslumbra por su imponente presencia y el carácter que obtiene de ser una de las estructuras arquitectónicas romanas más emblemáticas.

Después de aquella gira, Isabel y Paola regresaron al hotel, más cansadas que el día anterior. Allí se encontraron con que Agnolo les había dejado dos mensajes; en el primero las invitaba a cenar y en el otro se disculpaba porque se le había presentado un problema que lo obligaba a regresar por un tiempo a Florencia. Este último les produjo un gran alivio, no solo por el cansancio que las agobiaba, sino por la especie de aversión que sentían hacia aquel hombre extraño. Sin embargo, las dos sabían que volverían a encontrarlo.

Los siguientes cuatro días fueron los típicos en la vida de un turista en Roma. Entre todos los monumentos y los retazos de historia universal, Paola pensaba que uno de los espectáculos más hermosos era el atardecer romano. Aquellos ocasos la embrujaban; se sentaba en la terraza del hotel a contemplar el paisaje y eso era suficiente para transportarse a otras épocas, siglos atrás, a sentir los fugaces recuerdos de un pasado que no había vivido, y la emoción inexplicable de encontrarse en una tierra conocida. ¿Cómo era posible tener recuerdos de un lugar al que nunca había visitado? Carecía de respuestas, y hasta se había resignado a no encontrarlas.

Una de esas tardes Isabel llegó a la terraza del hotel para invitarla a conocer un bar famoso en Roma. En verdad, Paola no estaba interesada en ese tipo de lugares, pero no podía decirle que no a su amiga, quien la acompañaba a todos los sitios que sí le interesaban, así que aceptó, no sin antes pedirle que la dejara contemplar hasta el último fulgor del ocaso.

Cuando llegaron al bar les asignaron una de las pocas mesas vacías que se encontraban al fondo del local. La música tecno llenaba el lugar y algunas parejas bailaban, mientras que la mayoría, a esas horas, prefería conversar en sus mesas. Ambas pidieron unos cócteles ligeros, recomendados por Isabel, y se dedicaron a observar el ambiente, que se caldeaba poco a poco. Fue Paola la primera que vio a Agnolo, acompañado por un hombre apuesto, como de veinticinco años, parados junto a la barra. Con un movimiento del codo y un gesto le señaló el sitio a su amiga.

—Mira quién está allá. Esta debe ser la embajada de Florencia, o algo así.

—Ya lo presentía yo; este es un mentiroso de marca mayor. Pero es bueno encontrarlo aquí, así podemos desenmascararlo y cortar de una vez esos aleteos suyos a nuestro alrededor.

Antes de que Paola pudiera decirle algo, Isabel se levantó y fue hasta donde conversaban los dos hombres. El tono directo y retador con el que se dirigió a Agnolo no revelaba mucha cortesía de su parte.

—Discúlpeme, caballero, ¿cuál de estas puertas comunica con Florencia?

Agnolo la miró un instante y enseguida se hizo el desentendido, como si ella no existiera. Isabel no piensa dejar las cosas de ese modo e insiste.

20

—¿No me escuchas, querido Agnolo?

El hombre levanta la mirada y en tono airado le contesta.

—Señora, ni me llamo Agnolo, ni la conozco y usted me confunde.

Paola se ha acercado y cuando escucha aquella respuesta siente temor por las consecuencias; tal vez es cierto que entre las luces del lugar, la música y los cócteles hayan confundido al sujeto. Asustada, toma a Isabel por el brazo e intenta llevársela.

—Por favor, es mejor que salgamos cuanto antes de este lugar.

Isabel reconoce que su amiga tiene razón y abandonan el bar. En la calle toman un taxi y le dan la dirección del hotel Vittoria.

—Isabel, qué error más grande cometimos.

—Ni lo creas. No te diste cuenta, pero apenas salimos, los dos tipos, esos también salieron, y ese auto que viene detrás es el de Agnolo.

—Dios mío, sí, se parece a él, pero puedo estar equivocada.

—Pronto lo sabremos, trata de entrar al hotel lo más deprisa que puedas.

Así lo hicieron, casi corriendo entraron al vestíbulo del hotel, percatándose de que el auto sospechoso pasaba con lentitud por el frente. Isabel estaba atemorizada.

—¿Ves? Ese tipo venía tras de nosotras, Paola.

—Es cierto. Mañana mismo salimos de Roma.

—¿Regresamos a Panamá?

—¡Claro que no! Tenemos varios lugares por visitar, y vas a acompañarme.

Apenas entraron a la habitación sonó el teléfono. La recepcionista les avisaba que el señor Agnolo estaba esperándolas en el restaurante. Paola, desconcertada, miró a su amiga; si antes no entendía nada, ahora mucho menos. Su primera reacción fue eludirlo, prevenir cualquier riesgo y alejarse de aquel tipo siniestro.

Isabel, asustada, opinaba en forma contraria.

—¿Nos vamos a ir con todas estas dudas? Está bien, si quieres lo hacemos; pero entonces pasaríamos toda nuestra vida preguntándonos que fue lo que pasó; en cambio, si bajamos y lo enfrentamos, asunto resuelto. ¿No te parece?

—Pero es que ese hombre se ha comportado de una manera tan extraña; yo diría que es peligroso permitir que esté cerca de nosotras.

—Sí, pero es conveniente escuchar cualquier explicación que nos ofrezca.

Isabel convenció a Paola de que deberían escucharlo y enterarse de la nueva versión, quizás de ese modo podrían comprobar que se trataba de un pillo de marca mayor. Con cara de desenvoltura y fingida seguridad, las dos mujeres bajaron al restaurante.

Lo primero que notaron fue que el Agnolo de ahora y el del bar era uno solo, pues el que tenían enfrente llevaba el mismo vestido. En su semblante se reflejaba una viva preocupación que disparó los mecanismos de alerta de Paola, quien enseguida reflexionó. "Este hombre es mucho más peligroso de lo que nos habíamos imaginado. Puede adoptar actitudes a su antojo. Hace un rato, fingió no conocernos, y lo hizo bien; ahora finge estar preocupado, y de veras que convencería a cualquiera".

Agnolo se acercó a las dos amigas y, con un tono amable, les pidió disculpas por el incidente del bar. Ambas lo miraron con dureza, como haciéndole entender que no le creían la más mínima palabra. Él, pretendiendo no advertir la recriminación implícita, les pide que se sienten; Paola habría rechazado la oferta, pero su amiga se le adelantó.

—Bueno, escuchemos otra típica historia del folclor romano.

22

—Señoras, acepto sus reproches; son ustedes amables en aceptar escucharme luego del penoso incidente de esta noche, pero les juro que soy el que más lamenta lo sucedido allí; créanme que comprendo su malestar y lo justifico, pero no tuve alternativas.

—Ah, ¿no? Quiere decir que Isabel y yo somos objetos de sus desvaríos; algunas veces nos conoce, otras no; algunas veces nos miente con descaro y otras también.

—Señoras mías, yo merezco el concepto que tienen de mí, pero hasta ahora no les había dicho que soy policía, que estaba en el lugar en una misión encubierta, para sacarle información al sujeto con el que hablaba, al que le seguía la pista porque está involucrado en el tráfico de indocumentados desde Asia y Europa del Este.

—Ah, ¿sí? Míreme a los ojos, inspector Clouseau, ya que delante de usted tiene a dos de las Ángeles de Charlie; la tercera está retocándose en el baño.

Paola no pudo contener la risa, aunque aún no se le disipaba el disgusto hacia el hombre aquel.

—Isabel tiene razón, Agnolo. Tus palabras suenan bien, pero no son ciertas. De ahora en adelante será difícil creerte. La verdad es que ya no confiamos en ti. Pierdes el tiempo con la historia del policía, y encima nosotras perdemos el nuestro. Me imagino que tu verdadera profesión, si tienes una, es la de artista. Es mejor que nos retiremos y hagamos como si nunca nos conocimos.

Agnolo apretó los puños sobre la mesa. Se daba cuenta de que tenía aquella batalla perdida. Se mordió los labios y masculló unas palabras que parecían una sentencia, más que una disculpa.

—Señoras, no saben cuánto lamento toda esta situación. De veras, comprendo su disgusto y no puedo hacer algo para aplacarlo. De una cosa sí quiero que estén seguras. jamás he tenido la intención de ofenderlas. Espe-

23

ro que en el futuro exista la oportunidad de aclarar este malentendido.

Con un ademán reverente, Agnolo se puso de pie, se despidió de las dos amigas y salió por la puerta que daba a la calle. Isabel miró a su amiga y le manifestó que deshacerse del individuo, aquel había resultado más fácil de lo que pensaban.

—Creo que se fue, humillado y que por aquí no volverá dentro de buen tiempo.

—No estamos en Panamá, Isabel. Aquí hay gente de cuidado y es fácil promover los sentimientos de venganza. En el futuro es bueno que evitemos problemas de este tipo.

—Tienes razón, fui demasiado dura, pero tú no te quedaste atrás.

—Pobre Agnolo, él vino a disculparse y mira lo que encontró. Le echamos a perder su show. A esta hora debe estar preguntándose qué fue lo que le falló. En fin, nosotras nos vamos a descansar, mañana debemos salir hacia el sur de Italia.

Lo que no sabían las dos amigas era que Agnolo permanecía en su auto, afuera del hotel, expectante, y que no se marchó hasta observar que se apagaba la luz de la habitación en que ellas se hospedaban.

CAPÍTULO 4

Sala Consilina, el pueblo de Felicia, bisabuela de Paola, era hermoso; parecía sacado de esos parajes que ilustran los cuentos de hadas. Eran casas pequeñas, una al lado de la otra, rodeadas de vegetación exuberante, enmarcadas en un clima formidable. Paola nunca se lo imaginó así, por eso lo contemplaba absorta, extasiada por tanta belleza. En sus sueños, el pueblo siempre aparecía de noche, tétrico, sombrío, y ahora lo tenía frente a ella, radiante como el sol que las alumbraba.

Habían llegado hasta allí después de un largo viaje, el que finalizaba en este caserío sacado de sus sueños y de su memoria y enclavado entre las montañas del Valle del Diano, en el sur de Italia. Isabel comprendía el estado de éxtasis en que se encontraba su amiga luego de bajar del autobús, pero pensó que era tiempo de hacerla pisar la tierra.

—Vamos a buscar hospedaje y una cafetería; allí haremos nuestro itinerario.

—¿Itinerario? Pero si este pueblo lo podemos recorrer sin mayores ayudas.

—Sí, pero si lo que deseas es buscar tus raíces, te recomiendo que dejemos que nuestros dedos caminen por nosotras.

—No entiendo.

—Revisemos el directorio telefónico. Allí deben aparecer las personas que llevan tu apellido.

—Ah, sí, claro. Me imagino que las familias Cabello y Finamore deben ser comunes en este hermoso lugar.

25

Tan pronto estuvieron alojadas y repuestas del viaje, Paola e Isabel comenzaron a buscar en el directorio. Había allí diez personas bajo el nombre Finamore y ninguno con el apellido Cabello. Dispuesta a cumplir su tarea, Paola comenzó a llamar una a una a todas las personas con el apellido Finamore, preguntándoles por algunos nombres de antepasados para saber si alguno de ellos había emigrado a América. Todos los intentos resultaron infructuosos; algunos les dijeron que no sabían de lo que hablaban y otros cortaron la conversación, no sin ciertas muestras de recelo.

Paola estaba de mal humor ante el desastre de sus primeras averiguaciones. Isabel tuvo que armarse de paciencia para soportar el estado de ánimo de su amiga y su negativa a salir a recorrer el pueblo.

Al tercer día de su llegada apareció el primer resultado. Un tal Vicenzo Finamore llegó al hotel en donde se encontraban las dos amigas luego de que un labriego amigo suyo le dijera que las extranjeras buscaban a los Finamore que tuvieran parientes en América. Vicenzo tendría como sesenta y cinco años, pero la edad no le restaba atractivo. Su piel era sonrosada, marcada por los soles y el trabajo, de elevada estatura, con cabellos canosos y ojos negros como la noche; su trato era cortés, y sus palabras tenían el mismo toque de dulzura que uno se imagina en los abuelos de los cuentos. Él les informó que recordaba a un tío, bisabuelo suyo, llamado Miguel Finamore, quien había sido jefe militar del pueblo, a fines del siglo XIX, y del que aún se contaban muchas historias curiosas, entre esas la de su salida hacia América.

Paola era de las que decían que a través de los ojos se asoma al alma de una persona. Vicenzo tenía una mirada profunda, que invitaba a sus interlocutores a confiar en él, pues transmitían un sentimiento de paz y de protec-

26

ción. Paola se sintió emocionada al escucharlo hablar.

—Ahora que lo veo, tengo el presentimiento de que estoy hablando con un pariente. Me contaron que Miguel Finamore era un hombre guapísimo. Debe haberse parecido a usted.

Vicenzo sonrió, bajando la cabeza, mientras la piel de sus mejillas se encendía como las de un adolescente. Isabel, que había escuchado la conversación en silencio, le preguntó:

—¿Y vive usted cerca de aquí?

—Oh, claro, qué descortesía la mía. Vengan, acompáñenme, las llevaré a conocer mi casa.

Vicenzo había venido en una camioneta Volvo, en la que montaron las dos mujeres. Mientras transitaban por un bello sendero rodeado de granjas y de árboles, Vicenzo Finamore les iba contando algunos retazos de su vida.

—La casa en donde vivo es nueva, pero se levanta en el mismo lugar de la antigua residencia de los Finamore. Cuando Miguel se fue de este pueblo, al parecer los únicos familiares vivos eran mi bisabuelo y sus dos hijos, uno de ellos era mi abuelo; por esa razón, le dejó la casa. Hace unos veinte años construí la vivienda actual, respetando las viejas fundaciones y algunos de sus muros.

A un lado del camino se divisaba la enorme casona, sobre un promontorio del paisaje. A Paola le pareció imponente, aunque Vicenzo seguía refiriéndose a ella como una casa común y corriente.

Apenas entraron a la sala, Isabel recorrió con la mirada las hermosas pinturas que decoraban las paredes.

—Tiene usted un gusto exquisito, las pinturas son preciosas; deben haber sido creadas por pintores famosos.

—Colecciono obras de arte. Ese es mi pasatiempo favorito.

27

—Y este es el retrato de una bebé, ¿verdad? ¡Qué linda!

Vicenzo se turbó ante la alusión a aquel retrato. Casi de un salto se paró enfrente, como para que no fuera contemplado, y con un visible rubor en su rostro le dijo:

—Discúlpenme, si me permiten, pueden sentarse. Siéntanse en su casa mientras voy a anunciarle a mi padre que las extranjeras que preguntaban por los Finamore ya están aquí.

Ante la mirada de asombro de las dos mujeres, Vicenzo les aclaró que su padre estaba vivo y que colaboraba con los trabajos de la granja. Les advirtió, además, que era un gran conversador y que recordaba las anécdotas sobre sus antepasados.

Cuando Franco Finamore entró se podía notar que se había estado arreglando para la ocasión. Vestía un sobrio vestido de trabajo, limpio y bien entallado, que ocultaba la edad que confesaba. ochenta y siete años. En verdad, al lado de Vicenzo, cualquiera hubiese dicho que se trataba de dos hermanos. Tan pronto transcurrieron los saludos iniciales y se descorchó una botella de vino para celebrar el encuentro, Paola les contó el motivo de su viaje a Italia, mientras Franco y Vicenzo la escuchaban atentos. Paola llevaba una lista de preguntas en mente que comenzó a formular enseguida.

—Franco, ¿conoció usted a Felicia, la esposa de Miguel Finamore?

—No, por supuesto, que no la conocí, pero mi padre nos contaba que era una mujer bellísima. Supe que Antonina, la madre de Felicia, huyó de Florencia con su hija, se trajo todos sus difuntos y los enterró en el cementerio de este pueblo. Felicia conoció aquí a Miguel Finamore y se casaron; poco después murió Antonina, casi al mismo tiempo en que la pareja tenía su primera hija. No se sabe por qué razón Felicia decidió escaparse de aquí,

28

aunque se cree que fue por alguna de las muchas aventuras que se le adjudicaban a su marido, y se embarcó para América, con su pequeña niña en brazos. Miguel abandonó sus deberes, sus propiedades, hasta que un día decidió irse a buscarlas. Me cuenta mi padre que mantuvo contacto con él durante algún tiempo, y que en sus cartas le relataba todos sus infructuosos esfuerzos por dar con el paradero de su mujer y de su hija.

Paola estaba maravillada, esa historia coincidía con la que le contaba su mamá acerca de su bisabuela, quien habría llegado a América en brazos de la madre, a fines del siglo XIX. Quiso entonces comprobar la versión que le había adelantado Vicenzo por el camino.

—¿Sabe usted dónde vivían ellos?

—Ya la casa no existe, pero el terreno era este, donde nos encontramos ahora. Cuando Miguel se fue del pueblo, los únicos familiares vivos eran mi abuelo y sus dos hijos; por esa razón mi padre heredó la casa, y luego la tuve yo, y ahora la administra Vicenzo, con la poca ayuda que le puedo prestar.

Paola no pudo contener el llanto; estaba emocionada. Si su madre la viera, se sentiría orgullosa de ella, ya que, luego de más de cien años, una Finamore había viajado al viejo continente en busca de respuestas, y las había encontrado, parándose en el mismo lugar donde se inició todo. Ahora se explicaba por qué el sentimiento de regreso, por qué la sensación de que todo aquello le era conocido. Isabel y Vicenzo se levantaron a consolarla, y las palabras de Franco le confirieron la fuerza espiritual que necesitaba en ese momento.

—*Cara*, quiero que sepas que aquí tienes tu casa. Tus bisabuelos vivieron aquí, y salieron hacia América por motivos distintos, y aunque no se pudieron reunir jamás, tú regresas hoy y completas un círculo cien años después; quizás Dios nos ha mantenido vivos a pesar de tan-

29

tas tribulaciones para que viéramos este momento. Que Él y la Virgen te bendigan.

La velada se extendió hasta entrada la noche, compartieron la cena, junto con anécdotas de un lado y de otro del mundo, lo que les hizo comprender que en verdad eran ramas de un mismo árbol, alejadas por el destino y vueltas a reunir alrededor del tronco, también por el destino.

Esa noche, de vuelta en el hotel, Paola se sentía tan emocionada que no creía ser capaz de dormir. Isabel le pidió que tomara las cosas con calma, que apreciara el éxito logrado, pero Paola insistía en que aún faltan detalles para completar su propósito.

—Pero, ¿qué más? Esta tarde has estado en el mismo sitio en que vivieron tus bisabuelos; llevas gran cantidad de fotografías de ellos y de los paisajes de este pueblo, ¿qué falta ahora?

—Vamos a ir al cementerio mañana. Allí debe haber un registro de los fallecidos y veremos si hay alguien que se apellide Cabello. Mira que a Vicenzo no lo encontramos en el directorio, porque no estaba registrado su número; así que es posible que los "Cabello" estén en el cementerio.

—Está bien, te acompañaré si me prometes tranquilizarte. Además, te advierto que debemos ser prudentes. Estamos en tierra extraña, y el sur de Italia no es una región cualquiera. Así que debemos andar con mucho cuidado.

Al día siguiente, antes de las doce, estaban en el cementerio. El campo santo era diferente a los de su país, tenía un aspecto melancólico, mustio; estaba rodeado por una gruesa pared con arcos invertidos, por encima sobresalían las copas de los olivos y los cipreses que proporcionaban sombras a los sepulcros y a las capillas. Un portón de hierro daba acceso a las criptas. En la entrada las atendió un señor de mediana edad, a quien le solicitaron la información sobre los difuntos que llevaran el apellido Cabello. Se presentaron como familiares lejanos que deseaban rezarles a sus parientes que allí descansaban. El empleado le dijo que tales registros eran incompletos, pero Paola insistió en verlos.

—Mire señor, nosotras hemos viajado desde lejos para hacer estas averiguaciones, por favor, ayúdenos. Venimos de América, sabemos que una de nuestras antepasadas está enterrada en este pueblo y deseamos conocer la ubicación de esa tumba.

De mala gana, el hombre se dirigió a unos armarios y observó los legajos acumulados.

—¿Cómo me dice que es el apellido?

—Cabello —respondió Paola.

—Está bien, siéntense allí y esperen un momento.

Casi una hora más tarde, el funcionario regresó con unas anotaciones. Se trataba del número de un panteón donde reposaban personas con aquel apellido.

Luego de caminar unos minutos por entre las criptas encontraron la tumba; la lápida estaba bien conservada. Allí estaba el nombre de la madre de Felicia, con un amoroso epitafio dedicado por su hija. Paola notó que el apellido estaba escrito con v. Cavello.

—Isabel, mira aquel osario vacío; cualquiera diría que allí hubo restos alguna vez y fueron removidos.

—Paola, por favor. No empieces con tus extravagancias.

—No son extravagancias; allí deben haber reposado los muertos que se trajo la madre de mi bisabuela de Florencia, pero ya no están.

Para evitar una discusión en aquel momento y lugar, Isabel se da la vuelta y comienza a examinar los impresionantes ornamentos de las otras tumbas. En su deambular advierte que cerca de allí hay una persona que se oculta entre las criptas. Ella hace un movimiento de engaño y la obliga a mostrar su cara. La sorpresa la deja muda, y enseguida regresa donde está Paola para decirle, casi en un susurro.

—No me lo vas a creer, acabo de ver a Agnolo detrás de esas tumbas.

—¿Ese? ¿Y qué hace por aquí?

—A mí no me preguntes, pero creo que lo mejor es que nos marchemos.

—Tienes razón.

Las dos amigas salieron del cementerio a toda prisa, sin detenerse a averiguar si su siniestro vigilante seguía allí o se había marchado. No tardaron en saberlo, mientras comían, advirtieron que el auto de Agnolo pasaba despacio frente a ellas y se detenía un poco más adelante. Isabel dijo que era prudente informar aquello a la Policía; aducirían que aquel hombre las había venido siguiendo desde Roma y que creían que tenía malas intenciones.

Paola, más repuesta del susto de la tarde, optó por otro mecanismo. Llamó al muchacho que servía la comida y le deslizó un billete en el delantal.

—Hijo, quiero que te asomes a la calle y me digas si conoces al hombre que está sentado al volante de ese auto.

El muchacho, con una sonrisa divertida, le devolvió el billete.

—Sería un robo cobrarles por eso. Desde aquí puedo decirles que ese caballero se llama Filippo Panciatichi, que es cliente de este local, que todos lo conocen, que es soltero, que no tiene hijos, que tiene mucho dinero. A ver, ¿qué más les interesa saber, *signorinas*?

Paola e Isabel abrieron la boca ante la andanada de respuestas recibidas. El muchacho gozaba con el impacto de sus informaciones y quiso continuar la diversión.

—Además, es un pintor reconocido, tiene muchos clientes en este pueblo.

Mordiéndose los labios, Paola se dirige a Isabel, en español.

—Esto no puede ser. Una vez más este idiota nos tomó el pelo. ¿Qué es lo que ese tipejo se ha creído?

El camarero se turba, creía que aquella airada reacción es por su causa.

—Discúlpenme, señoras, que las haya molestado, pero lo que les he dicho es verdad. Aquí todos conocemos al señor Filippo, él siempre pasa largas temporadas en nuestro pueblo y...

—No, no, muchacho, no nos referíamos a ti; has sido gentil y aunque creas que no, te has ganado tu propina.

El chico toma el billete, temiendo volver a enojar a las mujeres y se retira agradeciéndoles sus palabras.

Casi de inmediato salen las dos mujeres y se encierran en sus habitaciones, presas del temor. Isabel insiste en su idea de marcharse de allí.

—Te repito, Paola, ya es hora de volver a casa. Esto se pone más peligroso cada vez, este tipo puede ser un loco, un asesino en serie, un secuestrador de mujeres solas, un demente, un depravado con mil rostros, un...

En ese momento, alguien toca a la puerta, ambas dan un salto, ahogando un grito de espanto. Ninguna de las dos se atreve a hablar. Es Paola la que atina a preguntar, ante los insistentes golpes sobre la puerta.

—¿Quién es?

—Soy yo, el muchacho que las atendió en la cafetería. Les enviaron un hermoso ramo de flores.

—¿Flores? ¿De parte de quién?

—De los señores Franco y Vicenzo Finamore.

33

Aquellos nombres son como un bálsamo para su angustia. Las dos abren la puerta con una amplia sonrisa.

—Muchas gracias. ¿Podrías hacernos un favor?

—Lo que ustedes digan, señoras.

—Te daremos una buena propina si le haces saber a Vicenzo Finamore que deseamos hablar con él, ahora mismo.

—Van a tener que perdonarme el que no les acepte la nueva propina.

—¿Cómo? Pero, si dijiste que…

—Es que el señor Vicenzo está allá abajo, en la cafetería.

—¡Bendito sea Dios! ¡Dile que suba!

Isabel no sabe si sorprenderse de los cambios de actitud de su amiga o de la forma en que se van encadenando los sucesos. Con voz grave se dirige a ella.

—¿Te has vuelto loca? Primero aceptas que tenemos que salir del pueblo cuanto antes, y ahora le pides a tu supuesto tío que suba a nuestra habitación. La verdad es que cada día te entiendo menos. Estás jugando con fuego. Te encanta el peligro. Es más, yo diría que disfrutas todas estas chifladuras.

—Isabel, primero, Vicenzo y yo sí somos parientes, tú lo sabes; segundo, te pido que confíes en mí.

En ese momento, volvieron a tocar la puerta, y Vicenzo Finamore se anunció. Tan pronto está en la habitación, sin más rodeos, Paola le formula la pregunta que la angustia.

—Vicenzo, ¿conoces a un tal Filippo Panciatichi?

—¿Filippo? ¿Y quién no lo conoce? Acabo de saludarlo allá abajo; él es popular aquí, somos hasta parientes; no sería raro que ya ustedes lo conocieran también.

—Sí, así es, y no en situaciones agradables.

34

—¿Cómo? ¡No puede ser! Filippo es de las mejores personas que he tratado.

—Así pensamos en un principio, pero conocimos al tal Filippo, o como se llame, en Roma; allá nos dijo que se llamaba Agnolo, y que estaba triste porque su hija y su mujer habían muerto en un accidente.

—Ah, ya entiendo; trató de seducirlas. Pues bien, yo lo conozco desde hace varios años; le he comprado varias pinturas, somos buenos amigos y hasta parientes, ya les dije. Pero hablaré con él y las haré respetar, ténganlo por seguro.

—Te pido que tengas cuidado, tengo el presentimiento de que se trata de una persona peligrosa.

—¿Peligroso Filippo? ¿Estás segura de que hablamos de la misma persona?

Esta vez fue Isabel la que contestó.

—Sí, señor, de eso puedo darle testimonio. No cabe la menor duda de que Agnolo y Filippo son la misma persona, y que ambos son unos sinvergüenzas y mentirosos.

Paola se acercó a su tío y le confesó.

—No solo eso, sino que cuando fuimos al cementerio esta tarde, ese hombre nos seguía de cerca. También una vez, en Roma, nos dijo que era policía y que se encontraba en una misión encubierta.

Vicenzo se echó a reír a carcajadas. Les preguntó a las dos mujeres si no podían darse cuenta de inmediato cuando un hombre intentaba sacar partido de las situaciones para propiciar una aventura, pero les prometió que acabaría con ese malentendido de una buena vez.

El hombre salió de la habitación convencido de que la mejor forma de dilucidar la situación era enfrentando a Filippo. Al llegar a la cafetería del hotel, lo vio sentado cerca de la barra y de inmediato se le acercó, increpándolo sin muchos miramientos.

—¿Por qué razón estás siguiendo a mi sobrina Paola y a su amiga? Quiero que sepas que ellas no están solas, me tienen a mí y a mi familia, y estamos dispuestos a protegerla como lo hacemos en el sur de Italia. Ustedes, los florentinos, no entienden de esto, pero aquí la familia se defiende a sangre y fuego. Paola es una Finamore legítima. Te lo digo por si no lo sabes.

Filippo estaba pálido. Sus conversaciones con los Finamore versaban siempre sobre temas de arte y asuntos de negocios, y era la primera vez que veía a aquel hombre de modales corteses tan enojado. Recuperándose de la impresión, contestó.

—No sé a qué te refieres. Las dos damas me llamaron la atención, tú sabes que siempre me han atraído las extranjeras. Además, no entiendo en absoluto tu amenaza. No ha sido mi intención asustarlas, solo pretendía mostrarles mi admiración.

—Vamos a poner las cosas en claro. Basta de acercamientos hacia ellas, basta de seguirlas, basta de mirarlas, ¿me entiendes?

Filippo soltó una carcajada; ahora el asombro había dado paso al humor.

—¡Vamos, vamos, Vicenzo Finamore! ¡Estás haciendo el papel del abuelo celoso! Tú sabes cómo somos los italianos, cada mujer es una posible presa a la que…

Vicenzo lo tomó por las solapas del vestido. Su mano de labrador apretaba con fuerza y decisión.

—¡Eres un asno, Filippo Panciatichi! Estás hablando de mi sobrina. De ahora en adelante, ten mucho cuidado con ella o te la vas a ver conmigo. Ya estás advertido.

Agnolo, o Filippo, no se desapareció por mucho tiempo. La mañana del siguiente día, mientras Isabel y Paola desayunaban, apareció en el restaurante. Ambas coincidieron en aparentar indiferencia, pero él se les acercó como si nada hubiera ocurrido.

—¿Qué se cuentan mis queridas amigas?

Ellas no le contestan, siguen tomando sus alimentos, ignorándolo, demostrándole desprecio. El hombre insiste.

—Por favor, bellas damas no tomen la vida tan en serio. Solo quise otorgarles un poco de sabor italiano a su estadía en este país.

Paola lo mira con frialdad al responderle.

—Perdone, señor, no somos sus amigas y quiero que sepa que lo único desagradable de nuestra estadía en Italia, ha sido conocerlo. Por favor, retírese y déjenos en paz.

—Les falta mucho mundo. Si no fuera así, tendrían mejor carácter. Aunque no lo crean, para mí esto fue solo una diversión, no hubo mala intención en mi proceder, pero dejemos la fiesta en paz. Hasta luego, tengo la certeza absoluta de que esta no va a ser la última vez que nos veamos.

Después de decir esto, salió sin despedirse. Aunque no se dio la vuelta en ningún momento, Paola sintió que se iba riendo. Así se lo mencionó a Isabel, quien le manifestó que no se ocupara más de ese cretino.

Al medio día dejaron el pueblo. Paola sintió cierta nostalgia, no deseaba despedirse de Vicenzo y Franco, a ella nunca le habían gustado las despedidas. Era mejor así. Cuando llegara a Panamá les escribiría agradeciéndoles sus atenciones y lo invitarían a conocer su país.

El autobús que habían tomado haría un recorrido por el sur de Italia, tal como ellas lo habían previsto, con el fin de conocer en el camino otros pueblos y paisajes. Paola experimenta una sacudida.

—Isabel, no me hagas preguntas, pero en el próximo poblado vamos a la terminal del tren a comprar un boleto para Florencia.

—¿Florencia? ¿Y eso?

—De saberlo te lo explicaría, pero es algo así como una súbita revelación.

—¿Y se puede saber si tu dichosa revelación incluye lo que vamos a hacer allá? Porque según este mapa, el próximo pueblo en el que hay una estación de tren es Teggiano, y ya estamos llegando, pero me gustaría saber qué vamos a buscar a Florencia.

—Solo sé que debemos visitar una iglesia. Santa María Novella.

Isabel no contestó. Sabía que era imposible sacar a su amiga de aquellas ideas extrañas. Prefirió concentrarse en el hermoso paisaje y olvidarse de que perseguían un conjunto de sueños, visiones y revelaciones que tal vez no las conducirían a ninguna parte.

CAPÍTULO 5

Mientras salen del cementerio de Plaona, y a medida que el taxi se aleja de aquel lugar tan significativo en sus memorias, Paola vuelve a sentir la sensación de estar en casa, aunque ahora de un modo más definido. Si cuando arribó a Roma pensó que retornaba al hogar, aquí en Florencia le asaltaba la seguridad de haber vivido allí por mucho tiempo. No podía expresarlo con palabras, pero las sensaciones eran reveladoras, al punto de que le hacían brotar lágrimas de felicidad. Ahora sabía que aquella inquietud que la había acompañado desde niña se satisfacía en ese lugar, a pesar de querer profundamente a su país. Florencia, de algún modo, era su tierra.

Sumida en el silencio, la vista fija en la lejanía, su rostro inexpresivo parece el de una mujer en trance. Isabel la toma por los hombros y la sacude, para sacarla de aquellas hondas reflexiones. Ella sonríe.

—¿Has visto tierra más hermosa?

—Claro que es hermosa, ya lo sabemos, pero ¿para apreciar eso hay que salirse del mundo?

—Vamos, Isabel, no exageres. Es que esta ciudad me ha hecho experimentar sensaciones tan maravillosas.

El conductor del taxi las deja en la puerta del hotel y ellas le ofrecen una propina por su amabilidad y sus atenciones; su ayuda les había resultado valiosa para localizar la vieja iglesia y el cementerio. Por la noche, Paola decide no cenar; está cansada, rendida por los afanes de ese día y prefiere dedicar un tiempo al descanso. Tan pronto pone la cabeza sobre las almohadas, cierra los ojos y se duerme; enseguida le asalta un sueño ex-

39

traño. Se ve a sí misma maniatada, sentada en una silla; enfrente de ella hay una mesa y tras esta se encuentran trece hombres sentados. Sus vestimentas y la de ella son de otros tiempos, como las que ha visto en películas antiguas. Escucha que la llaman Vittoria. Los hombres la están acusando de algo; ella no sabe a qué se refieren, pero afuera hay una multitud gritando "¡fuego, hoguera!". No alcanza a comprender. Uno de los hombres, el más anciano, le acerca una Biblia y le dice: "Arrepiéntete". La muchedumbre, descontrolada, entra a la sala. El encargado del juicio les solicita compostura. Les pide que le permitan a la acusada arrepentirse de su pecado de herejía. Mientras tanto, ella se ha incorporado y les habla con voz potente.

—Amo a Dios sobre todas las cosas. No sería capaz de ofenderlo ni de practicar la hechicería. Mi único pecado ha sido buscar respuestas a mis interrogantes. Si por eso tengo que morir, moriré sin arrepentirme.

Los inquisidores la obligan a sentarse, afirman sus ligaduras y gritan.

—¡Vittoria Scola! ¡Te condenamos a morir en la hoguera!

Ahora entiende un poco más el sueño. ella es Vittoria Scola y va a morir bajo cargos de hechicería. A su alrededor, la multitud ruge.

—¡Quemen a esa maldita hereje! ¡Qué la consuman las llamas para siempre!

Vittoria se vuelve a poner de pie; pese a la gravedad de aquel instante, asume una actitud de contemplación, como si tuviera ante sus ojos una visión particular que de algún modo logra tranquilizarla. En efecto, cuando vuelve a hablar, su voz parece haber recuperado la confianza, la serenidad; con una fuerza interior que asombra a los demás, expresa.

—El conocimiento no morirá conmigo. En quinientos años, una de mis descendientes recibirá mis enseñanzas.

Los verdugos la cargan en vilo, rumbo al sacrificio, y ella prefiere rezar, pidiéndole a Dios misericordia para el mundo. En ese instante Paola se despierta y lo primero que intenta es desatarse de las ligaduras, hasta que comprende que se trató solo de un sueño terrible. Isabel ha regresado unos momentos antes y observa los esfuerzos de su amiga por luchar, en medio de lo que ella se imagina como una pesadilla. Al verla allí, de pie, Paola se asusta.

—¿Qué sucede, Isabel? ¿Por qué me miras de esa manera?

—¿Eso que decías eran rezos?

—No sé, ¿qué decía?

—Traté de entender, pero era un italiano bastante extraño, o más bien antiguo, y es el tipo de oración que aparecía en los textos de antes.

—Tuve una pesadilla, me iban a matar, y sí, en efecto, rezaba en el sueño.

—Caramba, ¿y por qué te iban a matar?

—No sé, fue un sueño, una pesadilla, mejor dicho. Me acusaban de algo que tenía que ver con el conocimiento de las cosas, había mucha gente pidiendo que me mataran.

—¿Ves lo que sacamos de andar de cementerio en cementerio? Eres impresionable, ya me he dado cuenta.

—¡No soy impresionable! Solo que percibo más las sensaciones que están a mi alrededor, y este sueño quiere anunciarme algo y tengo que averiguar qué es, así sea que tenga que hacerlo sola, ¿me oyes?

Isabel prefirió no seguir con el tema; le dijo a su amiga que deseaba descansar, sus nervios estaban a punto de estallar y necesitaba una pausa. Paola, abrumada por los pensamientos y las sensaciones inexplicables, se fue al balcón, para dejar que sus ideas fluyeran en libertad, como una forma de apoyarse en esa parte de la mente subconsciente que trasciende las crisis, que registra la vida con claridad, aun cuando la mente consciente se tambalee en medio del espanto y del caos. Un desconcierto lleno de interrogantes cubría sus horizontes con una densa niebla. Necesitaba descifrar los enigmas y llenar de respuestas los espacios vacíos. Sospechaba que los sucesos de los últimos días no eran hechos aislados. Todo parecía determinado por una fuerza oculta e impenetrable, orquestada por un poder superior.

Paola se levantó temprano y despertó a Isabel. Parecía haber recuperado sus fuerzas después de ocho horas de sueño. Contenta y llena de optimismo, animó a su amiga, esperaba que hubiese cambiado de opinión.

—Despierta, tenemos mucho trabajo por delante. Hay que comenzar temprano para poder aprovechar todo el día. Tengo un plan para investigar estos eventos tan insólitos.

Isabel abrió los ojos en ese momento, recordó lo sucedido y se dio vuelta para seguir durmiendo.

—Preferiría que me acompañaras, pero anoche te dije que si tengo que hacerlo sola lo haré. Vine a averiguar qué es lo que pasa y voy a resolver una a una todas mis interrogantes.

Isabel vio una oportunidad de hacer valer sus puntos de vista en aquella tregua y, mientras se preparaban para salir, trató de alcanzar un acuerdo.

—Es mejor que tengas un plan porque no podemos seguir improvisando, ni corriendo de aquí para allá tras cada revelación tuya. Estamos relacionándonos con gente peligrosa ¿Tienes conciencia de eso?

—No te preocupes, todo está calculado. Es más, tengo un plan de acción. Lo primero que voy a hacer, y para eso necesito toda tu colaboración, es visitar la mejor

42

biblioteca e investigar sobre la alquimia. Recuerda que Agnolo nos dijo que a Vittoria la condenaron a morir porque practicaba la alquimia. Quizás haya algún tratado de historia que revele sobre juicios por esa causa o qué sé yo; sería una forma de entender un poco este problema.

—En ese caso, me parece una tarea más inofensiva. Está bien, iremos a rebuscar entre libros hoy.

En la biblioteca encontraron gran cantidad de textos sobre el tema. La mayoría hablaban sobre la alquimia como una de las artes herméticas de los tiempos antiguos, la ciencia de las transmutaciones minerales o vegetales. Decían que durante muchos siglos se trató el tema como un conjunto de conocimientos ocultos, indescifrables, limitados para algunas personas especiales. Para algunos, la alquimia era no más que el intento de trasmutar el plomo en oro; pero había quienes la señalaban como la forma de obtener el elíxir de la Larga Vida para prolongar la existencia, con lo que surgieron las leyendas de los "inmortales".

Sin embargo, había otros, los místicos y los filósofos, quienes mediante la alquimia buscaban encontrar un camino hacia la transformación interna o espiritual, la llamada "Alquimia del Alma". Según ellos, la sabiduría se alcanza con mucha lentitud, esto se debe a que el conocimiento intelectual adquirido, ha de convertirse en conocimiento subconsciente. Una vez trasmutado, la huella es permanente. Sin descuidar el equilibrio y la armonía que son la base de la sabiduría, la felicidad se logra llenando el corazón de amor, fe y esperanza, practicando la caridad y brindando la bondad. Dadas esas actitudes se llega al equilibrio y a la armonía. Eso se obtiene al tomar algo místico y transformarlo en un asunto cotidiano mediante la práctica, convirtiéndolo en un hábito.

Tal proceso es una búsqueda y un hallazgo del ser que representa la auténtica libertad. Los hombres y mujeres se encuentran desorientados y necesitan de herramientas que les permitan recobrar su dignidad y el control de las circunstancias. La Sabiduría Eterna les proporciona todos los mecanismos para construir un mundo mejor a partir de la transformación de sí mismo. "Conócete a ti mismo", era el consejo de los antiguos sabios, la clave de la felicidad.

—Imagínate, Isabel, si esto se practicara ahora cómo cambiaría el mundo, ¿no?

—Mucho. Acabo de leer acá que la tradición hermética sostiene que las verdades eternas eran conocidas solo por los escogidos de todos los tiempos, y que estos formaban parte de minorías selectas de la cultura, pues se les reconocía capaces de llevar a cabo un esfuerzo sobrehumano para entender la realidad de aquellos escritos, llamados "Libros Herméticos".

—Sí, deben haber sido personas sabias, instruidas.

—Dicen además que por ese medio aprendieron sobre la tradición de Hermes Trismegisto, "Tres Veces Grande". Este Hermes era un espíritu intermediario entre los dioses y los hombres, una deidad instructora y educadora que revelaba los mensajes a todo iniciado, el que ha pasado por la muerte y la ha vencido.

—Sí, en todas las culturas ha existido siempre ese enlace con "arriba".

—Así es, autores herméticos relacionaban a Hermes con Enoch y con Elías, nuestros personajes bíblicos.

—O tal vez con los ángeles.

—¡Exacto! Dice acá que, para los hebreos, la encarnación humana de aquella entidad supra humana era Rafael.

—¿El arcángel?

—El mismo, y lo consideraban guía, sanador y revelador. Agregan que en el siglo VI antes de Cristo, que es el mismo siglo de la destrucción del templo de Jeru-

44

salén, nació la escuela de Pitágoras, la que fue heredera de los antiguos misterios revelados por Hermes. Ese pensamiento hermético influyó en la cultura romana, en los alquimistas de la Europa medieval, en los filósofos y artistas renacentistas y en los científicos del futuro.

—Es decir, todos ellos provienen de un mismo esfuerzo.

—Eso es lo que dice este libro. Mira, más adelante, señala que el verdadero alquimista tenía un doble rol, por un lado, ayudaba a la naturaleza sofocada por la decadencia humana a respirar la presencia de Dios, ofreciendo la oración, y en el plano humano usaba el oro para preparar el elíxir, medicina inmortal que daba longevidad y fuerza al alma. Los alquimistas conservaban su conexión con su lado mítico y su realidad espiritual. Descubrían lo esencial, lo que se encuentra en su interior, la estructura invisible, es decir, el origen más profundo y el destino más elevado.

—Esa era la tarea que debió ocupar a Vittoria Scola en su tiempo, lo que le causó tantos problemas. Ella vivió en un período de la historia en que lo que separaba ese interés de la brujería debe haber sido mínimo.

—O podrían ser considerados como un mismo oficio.

—Así es. Se vivía el Renacimiento, el nacimiento nuevo, la explosión de grandes ideas, conocimientos y reflexiones sobre la mente y el hombre. Por aquí anoté que en esa época tomó forma la idea de que el individuo es lo que importa y que, incluso, su importancia es más grande que la de Dios. Por eso los clásicos eran considerados paganos y por eso también el Renacimiento refleja la pérdida del poder de la religión.

—Que ya son palabras mayores.

—Claro, aquí lo dice: Señalan que eso dio pie a una revisión del paganismo grecorromano que desembocó en una etapa de conflictos religiosos. La pérdida de poder de la iglesia hizo que se propagaran las llamadas herejías. Es en ese momento, cuando las autoridades eclesiales ejercieron una de las persecuciones más lamentables de todos los tiempos.

—Y llegamos al momento que buscábamos.

—Correcto. Al momento de Vittoria Scola.

Isabel había resultado una gran compañera en aquella búsqueda, no solo porque había estudiado arquitectura en Florencia, sino porque era especialista en el Renacimiento y pudo orientar la búsqueda de información de Paola, a quien por su parte le fascinaba el tema. Cuando terminaron de recopilar toda esa información salieron de la biblioteca con un concepto más claro del papel de Vittoria Scola en su tiempo.

Siguiendo las indicaciones que les dio la bibliotecaria, decidieron indagar con alguna autoridad eclesiástica, para ver si así obtenían alguna otra información. Le dirían que Vittoria era antepasada de Paola, y que ella estaba interesada en escribir una novela. Al llegar a las oficinas eclesiales, una mujer las comunicó con un sacerdote joven, dispuesto a ayudarlas, quien era el encargado de la custodia de los documentos. Les informó que ellos mantenían registros, pero no de quinientos años atrás. Sin embargo, aceptó buscar cualquier dato sobre el nombre de Vittoria Scola. Después de varios minutos regresó, reflejando tanta consternación que Paola casi adivinó los resultados.

—¿La encontró verdad?

—¿Qué es lo que buscan?

—Lo que buscamos es lo que usted acaba de encontrar y no quiere revelarnos.

—No es que no quiero decirles lo que encontré. Es que se trata de un tipo de información que solo la puede facilitar el arzobispo.

46

—Entonces, hable con él y obtenga la información, ¿no le parece?

—Señoras, esto lleva tiempo, no es tan sencillo.

Paola observó la duda en el rostro del sacerdote; pensó insistir en su interés de obtener aquellos datos, pero en forma súbita vino a su mente una idea que no tuvo tiempo de calibrar. Sorpresivamente, se puso de pie y le dijo a Isabel.

—Vamos Isabel, vendremos después, cuando el señor cura tenga la autorización.

—Pero, Paola, espérate.

—Vámonos, Isabel, vámonos.

La sujetó por un brazo y, ante el asombro del cura, se la llevó a rastras por el extenso pasillo que llevaba a la salida.

Isabel no comprendía la prisa de su amiga; sin embargo, ya había lidiado otras veces con esos inexplicables cambios de actitud. En la puerta que daba a la calle, se detuvo y, con una sonrisa pícara, se puso el dedo índice sobre los labios.

—¿Y ahora?

—Acompáñame de regreso, sin hacer ruido.

—Pero, ¿y eso?

Sin tiempo para más explicaciones, siguió de vuelta a Paola mientras de puntillas volvía a cruzar el pasillo. Mediante señas, le pidió a Isabel que entretuviera a la mujer de la recepción mientras ella se colaba al interior del despacho. Allí, tras la puerta de madera labrada, pegó el oído a las junturas, se oía con claridad la voz del cura, hablaba por teléfono con alguien que debía ser su superior.

—No, señor, claro que no, no les facilité esa información. Sí, sí, ya había oído algo de esa tal Vittoria Scola, usted sabe, muchas leyendas populares se basan en su nombre, pero en verdad aquí están los documentos

47

que afirman que ella fue condenada por la Inquisición a morir quemada en la hoguera por practicar la alquimia. Sí, señor, no, señor. Aquí reposan las actas, dicen que ella predijo el día de su muerte que después de quinientos años sus conocimientos pasarían a una mujer de su familia, sí, así es. Pero encontré también que una de sus parientes viajó al sur llevándose los restos de ella y de su descendencia. Lo último que se sabe es que fueron sepultados hace más de cien años en el cementerio de Plaona. Sí, en Florencia. Claro, señor, aquí está el sello legible, sí lo leí, dice que jamás se debe divulgar esta información, por eso se la negué a esas mujeres, pero me parece extraño que aparezcan por aquí averiguando sobre ese caso y pensé que usted debía saberlo, claro, claro, aunque creo que se fueron, Dios no permita que vuelvan, gracias, señor, cómo no señor.

Paola entendió que ya había escuchado lo suficiente y regresó por donde vino, haciéndole una rápida seña a Isabel, quien nerviosa había solicitado a la recepcionista le buscara una serie de números de iglesias en el directorio telefónico.

Sudorosas y jadeantes por el esfuerzo, llegaron casi corriendo a una cafetería cercana y pidieron un refresco. Isabel casi no podía hablar de lo asustada que estaba.

—Dios santo, Paola, ¿es que no sientes miedo?

—¿No lo ves? ¡El corazón se me quiere salir!

—¡Qué barbaridad! Y eso que pensé que lo de buscar en bibliotecas y en archivos de iglesias iba a ser de lo más rutinario.

Ambas se miraron, azoradas aún por el susto y por la carrera, y comenzaron a reírse a carcajadas. Paola abrazó a su amiga.

—Te juro que cuando iba por el pasillo recé como tres veces el Padre Nuestro; le pedí a nuestro Padre Amoroso que nos cuidara como siempre lo hace, porque estábamos tras una buena causa. ¿Te das cuenta, Isabel? Cuando el cura nos negó la información que yo sabía que él tenía, tuve una repentina revelación, y no te burles porque ya viste que fue correcta. Algo me hizo saber que, si nos íbamos, él se iba a comunicar con el arzobispo o con quien fuera que está por encima de él, ¡y así fue! Ya tengo la información y esta coincide con lo que habíamos recabado con anterioridad. Si pienso bien en todo esto, tengo que admitir que Vittoria nos está guiando en este sendero tan tortuoso y oscuro.

—Ya no me asusta lo que dices, lo que me asusta es que te creo.

—Pero es que tienes los hechos ante ti, el cura admitió que hubo una Vittoria Scola muerta por la Inquisición hace quinientos años por dedicarse a la brujería o a la alquimia, que para ellos podía ser lo mismo y lo mejor de todo es que corroboró que sus restos están en Plaona, y yo estuve sobre esa tumba. Es más; aquí aún se le teme.

Isabel no le contestó. Habían pedido sendos refrescos y ella se tomaba el suyo despacio, mientras analizaba esa situación tan descabellada. Se mantuvo unos minutos en silencio y Paola respetó su mutismo. Ella sabía que para su amiga la situación no era fácil. Tenía que darle un ritmo de descanso, si no Isabel colapsaría en cualquier momento.

Cuando se sintieron recuperadas del todo, Isabel le solicitó a Paola que ordenaran las ideas e intentaran sacar una hipótesis de lo que en realidad había pasado. Paola aceptó, sonriendo con mucha picardía. La situación la seducía y la aterraba al mismo tiempo. Sentía una pasión inexplicable por lo inescrutable.

—Mira, hagamos un resumen de todo esto. Antonina, la madre de mi bisabuela, era descendiente de Vittoria Scola. Cuando ellas partieron para el sur de Italia, se llevaron a sus predecesores muertos y le hizo prometer a Felicia que cuando ella muriera cuidaría de sus difuntos. Antonina, tal vez, no le contó a su hija la historia de Vittoria, y por esa razón, ella no reconoció la importancia de cuidar a sus familiares difuntos. Cuando Felicia viajó a América dejó atrás a sus muertos. Algún familiar de ella, que estaba al tanto de los sucesos, se enteró de que Antonina murió y que Felicia viajó al nuevo continente. Entonces, debe haber ido al sur de Italia para rescatar a sus difuntos en el cementerio de Sala Consilina. Luego harían el trámite para la exhumación y traerían los osarios de vuelta a Florencia, donde reposan en la actualidad, como viste. Por eso había un osario vacío.

Paola hizo una pausa. Observó el rostro de Isabel y sonrió. Su amiga ya le había tomado el gusto al relato. Se hallaba tan ensimismada en lo que oía que no se dio cuenta de que su amiga había hecho una pausa y, como quien despierta de la narración de un cuento de hadas, levantó la cabeza.

—Bravo Paola, bravo. Tienes una imaginación creativa, fabulosa. Hay un genio en ti que aun en medio de situaciones inverosímiles las analizas con una coherencia sorprendente. Tu historia está bien lograda y te felicito. Pero creo que no es más que un relato fantástico.

—Incrédula. Pero te voy a convencer, ya verás, todavía no termino. Permíteme concluir mis conjeturas sobre esta historia tan fantástica como la llamas, tú, en la cual la realidad supera con creces a cualquier alucinación. Escucha: cuando los restos llegaron a Florencia, la familia debe haber establecido una especie de custodia, para evitar que se repitiera el error de Felicia. ¿Sabes? Anoche pensé en esta teoría y así vine a comprender la razón de la existencia del cretino de Agnolo. Él debe ser un custodio de esa tradición, y por eso nos ha venido siguiendo.

Isabel comenzó a reír divertida. Dijo que no podía concederle una nueva oportunidad a Agnolo en sus re-

50

cuerdos y mucho menos en forma de un guardián de la historia. Paola no le hizo caso y continuó.

—Aunque no lo creas, esa debe ser la causa del interés demostrado por Agnolo hacia nuestros pasos, aunque no logro entender cómo supo de nuestra llegada a Italia. Recuerda, Isabel, que la tradición dice que los conocimientos de Vittoria solo serían transferidos a una descendiente mujer. Él cuida los restos, como en años anteriores otros deben haberlo hecho; pero al cumplirse el tiempo del vaticinio, que por tradición recaía en una mujer, debe haber pensado que Felicia le contó la historia a Francesca, mi abuela, y que cien años más tarde alguien, en este caso yo, vendría a reclamar a mis antepasados, sobre todo a Vittoria.

Isabel no daba crédito a lo que oía. A pesar de que todo era tan disparatado, tenía algo de lógico, una paradoja que la inquietaba mucho. No se sintió con ánimos de rebatir ninguno de esos argumentos. Se limitó a mirarla, diciéndole:

—Por favor, Paola, no te dejes llevar por el entusiasmo y prométeme que vas a tomar este asunto con calma. Si las cosas han pasado como tú dices, la situación es mucho más enredada de lo que a simple vista parece y eso es mucho decir. Apelo a tu buen juicio y procede con cautela como si nos estuviéramos jugando la vida.

Paola le respondió que si ella no le había refutado sus argumentos, eso significaba que eran coherentes. También estuvo de acuerdo en que tendrían mucho más cuidado de ahora en adelante, porque sabían a lo que se enfrentaban.

—Lo que más me gustaría, Paola, es que me informes antes de los planes. Me angustia correr de un lado a otro sin saber el motivo hasta después que ha pasado todo.

La tarde caía sobre la ciudad de Florencia cuando las dos mujeres tomaron un taxi y le dieron la dirección

51

de su hotel. Entusiasmadas como iban, no tomaron la precaución de mirar a su alrededor, como otras veces. De haberlo hecho, se hubiesen percatado de que un auto arrancaba tras el taxi y las seguía a lo largo del trayecto.

CAPÍTULO 6

—¿Quién crees que me envió esta carta?

—Por favor, léela de una vez y no juegues con mis nervios.

Paola está sentada en su cama, sosteniendo entre los dedos la carta que le había entregado el conserje. La abre despacio, como si temiera descubrir al tenebroso remitente. Alzando la voz más de lo usual, afirma.

—Es de Agnolo, tal como me lo imaginaba.

—Ese imbécil. De todos modos, ábrela, a ver con qué nos sale ahora.

Paola toma el papel con la punta de los dedos y empieza a leer con una entonación tan melodramática que Isabel no puede contener la risa. Pero apenas se enteran del contenido, la actitud de ambas mujeres cambia.

"Querida Paola.

Espero que por lo menos tengas la gentileza de leer mi carta y no la vayas a destruir antes. Son tantas las mentiras que no sé cómo me atrevo a solicitarte, que prestes atención y que me creas después de tantos engaños.

Las circunstancias me han obligado a portarme como un miserable, pero cuando tengas todos los elementos de esta historia estoy seguro de que me perdonarás.

En el lecho de muerte de mi padre le prometí resolver este enigma. Él ya se lo había prometido a su padre y este a su abuelo, y así hasta donde no se guarda la memoria. Esto es un drama que ha ido de generación en generación.

Cuando Felicia se fue a América, mi bisabuelo fue al sur de Italia a verificar si ella se había llevado a sus muertos. Se llamaba Agnolo. Él reclamó a sus antepasados. En el cementerio te oí exclamar que todos los restos eran de hombres. En efecto, solo los restos de las mujeres fueron repatriados a Florencia.

El destino quiso que las mujeres de la familia tuvieran corta vida. Fue esa la razón por la que toda la familia quiso enloquecer cuando Felicia y su hija abandonaron Italia. Miguel, el esposo de Felicia, se enteró de la búsqueda y cuando supo la razón de tanta angustia, se ofreció a traerlas de vuelta. Además, mi bisabuelo, le prometió una inmensa recompensa. Por esa razón, Miguel Finamore peinó el Caribe en busca de su esposa e hija.

En nuestra familia no quedaba ninguna mujer descendiente de Vittoria, y eso era importante para que se cumpliera la profecía que afirmaba que, pasados quinientos años, a una mujer descendiente por vía directa de Vittoria Scola se le transferirían todos sus conocimientos.

Los conocimientos de Vittoria no eran sobre hechicería ni nada parecido; eran sobre alquimia. Ella tuvo conocimientos sobre la materia y el espíritu que ni aún hoy podemos entender. Se cuenta que ella poseía una inmensa fortuna, heredada de su padre. Ese dinero lo usó para ayudar a los más necesitados. Todas las semanas visitaba el Hospital de Los Inocentes y les dejaba una considerable cantidad de dinero. Comprendió que la verdadera caridad no consiste en dar sino en compartir. Todas sus energías las empleó en sus estudios. Ella se interesaba en la búsqueda de la alquimia del alma, con la cual formaría una logia de iluminados con la capacidad de guiar a las personas en proceso de ese aprendizaje.

Cuando las autoridades la detuvieron, le exigieron que probara sus conocimientos en presencia de ellos, Vittoria, a su pesar, para salvar su vida, transmutó el plomo en oro. Las autoridades eclesiales le pidieron que transmutara cantidades grandes. Estaban necesitadas de oro. Vittoria se negó y les dijo que ella no iba a perder el tiempo en cosas materiales, que su objetivo era espiritual y que, si ellos se interesaban en lo material, ella no los podía ayudar.

No hubo forma de negociación posible; motivados por la codicia, la presionaron, la amenazaron y nada consiguieron. En venganza, la condenaron a morir quemada en la hoguera.

Mis antepasados tenían una pintura de Vittoria Scola guardada como si fuera el tesoro más preciado, hoy yo la conservo. Después de morir mi padre ordené restaurarla y así se pudo apreciar con más detalles.

Por eso, cuando te vi aquella vez en Roma, supe que había algo que nos unía, pues la pintura te retrata a ti misma. Eres igual a Vittoria Scola. Mira que no dije que se parecen, he dicho que son iguales, como si se tratara de la misma persona. Por eso las seguí aquel día hasta la cafetería. Luego las escuché preguntando por los apellidos Cavello y Finamore, y en ese momento, estuve a punto de saltar de alegría. No sé qué fuerzas ocultas habrán determinado ese encuentro, pero desde ese día no te he perdido pie ni pisada, aunque con esto me haya ganado su justo enojo.

Ahora paso a detallarte el juramento que le hice a mi padre y este ha sido hecho de generación en generación, hasta cumplirse el tiempo de la profecía, que es ahora. Le prometí que buscaría sin descanso a la descendiente mujer que heredaría la profecía de Vittoria. Nunca entendí ese vaticinio, no sé si tú eres la reencarnación de Vittoria o solo se te transferirán sus conocimientos. Lo que sí estoy seguro es que en cualquiera de las dos opciones, tú, Paola, podrás hacer lo mismo que Vittoria Scola. Sin embargo, soy un hombre práctico, de estos tiempos, y creo que, si asumes tus capacidades por la parte espiritual, pronto te verías crucificada, porque en el mundo no hay lugar para redentores. En cambio, si me permites guiarte, podrías hacer muchísimas riquezas a tu antojo. Si no te interesan tales beneficios económicos, esa es tu elección y yo sabré respetarla, pero habré cumplido con el juramento que le hice a mi padre en su lecho de muerte. Espero que no me guardes rencor. Tienes elementos de juicio necesarios para saber que esta vez no te he mentido y que lo que te he comunicado en esta carta, se puede comprobar. Hoy a las ocho de la noche te espero en el restaurante del hotel, trae a tu amiga Isabel para que te sientas más segura. No corres ningún peligro, jamás intentaría nada contra la descendiente de Vittoria, en la cual se va a cumplir la profecía.

Te quiero mucho, Agnolo".

Cuando Paola terminó de leer la carta, se recostó en un diván para recuperar las energías. Cerró los ojos para meditar sobre todo el asunto. Pasados unos minutos se incorporó.

—¿Ahora sí, me vas a creer, Isabel?

—¡Santo Dios! Ahora sí, me parece que soy el personaje de una novela y no una mujer de carne y hueso.

—Me alegra que te des cuenta. ¿Ves cómo encajan las piezas del rompecabezas?

—Así es, casi no puedo creerlo.

—Dime algo, ¿crees que sea conveniente conversar con Agnolo?

—En estas circunstancias, amiga, no solo es conveniente, sino obligatorio. Él sabe la parte de la historia que tú y yo ignoramos, y tú tienes la parte que él y su familia han esperado por siglos. Tenemos que hablar con él.

—Perfecto.

En la noche, las dos amigas acudieron a la cita con Agnolo. Cuando llegaron al restaurante del hotel, ya él las esperaba, vestido impecablemente. Paola reconoció

56

que su supuesto pariente era un hombre atractivo, con un porte digno de un aristócrata. Sus modales eran refinados y propios de un príncipe o de un conde. Cuando sonreía daba la impresión que poseía todos los tesoros y todos los secretos, había en él algo mágico y deslumbrante. Agnolo interrumpió los pensamientos de Paola dándole un beso en cada mejilla.

—Hágase la paz entre nosotros y que esta sea eterna.

Ni Isabel ni Paola le contestaron. Preferían estudiarlo mejor antes de firmar el armisticio que él les proponía. Se sentaron alrededor de una mesa que estaba al fondo, acordaron los detalles de la cena y del vino y Paola fue al grano.

—Creo que comprendes que esta vez no vas a hacer uno de tus pases de magia para escabullirte. Quiero saber toda la verdad sobre este asunto, porque debo decirte que ese fue el motivo de mi viaje a Italia desde tan lejos.

—Sí, ya me suponía algo así, en estas cosas pocos hechos quedan al azar.

—Cuando leí tu carta discutí mucho con Isabel si valía la pena escucharte, teniendo en cuenta las no tan afortunadas experiencias anteriores; pero los datos que aportaste tienen la suficiente importancia como para que volvamos a correr el riesgo contigo. Perdona que sea tan directa, pero si hay algo que detesto son las mentiras, y tú ya las has contado todas. Así que se acabaron los engaños.

Agnolo escuchó sin defenderse. No fue hasta cuando Paola terminó de reprocharle su actitud que le contestó.

—No tienes idea de lo arrepentido que estoy de mi conducta. Nada que te pueda decir lo justifica, pero sí quiero que sepas que por amarga y peligrosa que sea la verdad, te prometo que de ahora en adelante se acabaron las mentiras.

Luego de una pausa breve, continuó, bajando el tono.

—En mi carta te conté mis motivos, espero que comprendas y, si no, por lo menos que disculpes mi proceder. Te solicito que trabajemos en equipo, tengo que reconocer que ustedes son unas personas inteligentes y tú, Paola, tienes un don heredado de nuestra antepasada que te guía por los senderos más oscuros. Cualquier ser humano común y corriente jamás hubiera podido descubrir lo que tú ya sabes de toda esta situación. Esa intuición que tienes es un legado de Vittoria. Eso me convence todavía más de que eres la persona a la que se le transferirán los conocimientos.

El hombre permaneció en silencio por unos minutos. Isabel parecía distraída, mientras que Paola analizaba la complicada y enmarañada situación.

—Agnolo, lo primero que quiero hacer es preguntarte, ¿tienes conocimiento de qué parentesco había entre Vittoria y Antonina, la madre de mi bisabuela Felicia? ¿Por qué razón ella se llevó al sur de Italia los restos de sus familiares y entre ellos los de Vittoria Scola? Esa es una parte de la historia que no tengo clara. Vittoria no tiene el apellido Cavello. ¿Por qué razón es tan importante en la vida de toda la familia?

Agnolo respiró hondo; debía hacer un esfuerzo grande para recordar esa sórdida historia y tratar de ser exacto en su narración. Se sirvió vino, lo saboreó con placer y respondió.

—Espero que mi memoria no me falle. Según las leyendas, los manuscritos y algunas narraciones que han pasado de boca en boca en la familia o que se conservan como parte de los tesoros íntimos, un Cavello, hombre acaudalado y noble, tuvo una hija ilegítima. Cuando ella creció, dicen que tenía un carácter decidido. Al morir su mamá, se presentó un día en casa del padre, ante el asombro de todos. Ya nadie recuerda los detalles, ni qué

58

se habló. Lo cierto es que aquel señor Cavello aceptó que su hija ilegítima se quedara a vivir con ellos, y la familia debió aceptarlo. Esa muchacha era Vittoria Scola.

Agnolo hace una pausa para crear expectativa. Paola e Isabel le piden que continúe con el relato. Él sonríe y sigue.

—Estoy obligando a mi memoria a viajar mucho en el pasado. Se dice que cuando el señor Cavello murió, Vittoria Scola fue su heredera universal. Quizás hubo discordias, tal vez Vittoria era una mujer astuta, eso no se sabe, pero la familia no le perdonó haberlos desposeído y se comprometieron a destruirla en vida, pero no lo lograron; sin embargo, ella debió echarlos de la casa para mantenerse con vida. Después de pasar muchos trabajos económicos, recapacitaron y le pidieron que los dejara regresar, y que los acogiera en sus tierras. Por ese tiempo, ella ya era una mujer, sabía que reunía estudios extraordinarios para su época, y los aceptó, compartiendo todos sus bienes con la familia. A partir de ese instante, la paz y la armonía reinaron en esa familia y todos consideraron a Vittoria Scola como una matriarca respetable. Sin embargo, ella nunca se quiso poner el apellido paterno, en honor a su madre. Cuando Vittoria se sintió aceptada por toda la familia, les pidió que le concedieran exhumar los restos de su madre y enterrarla en la cripta familiar. Su familia aceptó, y desde ese entonces Lucrezia Scola descansa en la cripta de los Cavello.

Las mujeres escuchaban extasiadas la historia. Paola pensó que esta narración era como un cuento medieval lleno de encanto, misterio y tristeza, pero que tendría un final feliz. Entonces, recordó la muerte de Vittoria en la hoguera y en voz alta expresó.

—¡No hubo un final feliz!

Agnolo no alcanzaba a entender a qué se refería su prima; extrañado, la interroga.

—¿A qué te refieres con eso de que no hubo un final feliz?

—No me hagas caso. Reflexionaba sobre la historia que nos contaste, donde la familia aceptaba a Vittoria y pensaba que ese era un final feliz, pero recordé la muerte de Vittoria, ese fue su verdadero final, desdichado.

Agnolo le tomó la mano.

—Veo que también heredaste la sensibilidad de Vittoria. Ahora te voy a preguntar algo y por favor, quiero que me respondas con esa sinceridad que te caracteriza.

Hizo una pausa para darle mayor énfasis a sus palabras.

—¿Tú crees en la reencarnación?

Paola esperaba todo menos esa pregunta: No entendía el verdadero sentido de la misma, pero estaba dispuesta a darle una respuesta sin hacerle otra pregunta: Sin dilación contestó.

—No, no creo en la reencarnación. Fui criada en la religión católica y mis principios están sólidamente arraigados. Debes saber que en mi religión no se cree en la reencarnación, sino en la resurrección. La reencarnación riñe con mis enseñanzas religiosas.

Paola quería dejar una puerta abierta para poder recibir cualquier información, por lo tanto, añadió.

—Ahora bien, soy una mujer moderna y, como tal, de mente abierta. Si en el transcurso de mi vida llega información coherente y veraz sobre la reencarnación, estoy dispuesta a aceptarla. Lo que sí te digo es que con relación a este tema no tengo mucha información y si tú la tienes me gustaría que me la facilitaras.

Él trató de que su mirada fuera lo más dulce posible al contestar.

—Tengo la información privada sobre el tema más completa de toda Florencia. Poseo una de las bibliotecas más antiguas de toda la región, en la que se encuentran algunos incunables, asegurados por importantes sumas de dinero. Entre esos libros hay algunos que solo se pueden venerar, porque si se abrieran se convertirían en polvo. Son más de cinco mil libros, entre los que se cuentan algunos que fueron prohibidos en su época. Y esto te lo digo para que sepas que no tienes que ir a la biblioteca pública; todo lo que necesitas saber está en mi casa, a la disposición de ustedes.

Paola volvió a mirar a Isabel para evaluar el efecto que esas palabras tenían en ella. La vio detener la copa entre los labios y mirar a Agnolo, como haciendo un esfuerzo para creerle todo aquello.

—Mi amiga Isabel estudió Arquitectura aquí en Florencia; es, además, catedrática en Literatura del Renacimiento en la Universidad de Panamá, su otra especialidad. Estoy segura de que sabrá apreciar mucho ese caudal de información que tienes, Agnolo.

Con sus palabras había querido poner en guardia al hombre por si planeaba otra de sus actuaciones.

—Nada me complacería más.

—¿Y dónde conservas tan valiosos tesoros?

—En mi biblioteca, como es natural. Si me permiten, me gustaría invitarlas a que dejaran este hotel por unos días y fueran mis huéspedes.

La respuesta vino entonces de Isabel, asombrada.

—¿Tus huéspedes?

—¡Por supuesto! Creo que sería parte de la más elemental cortesía entre parientes.

Paola estuvo a punto de rechazar la oferta, pero tras un rápido cambio de miradas con Isabel, advirtió que tal paso representaría tener a la mano toda la fuente de información que para ellas constituía Agnolo. Tras un suspiro y un sorbo de vino, decidieron aceptar la invitación.

La cena continuó entre comentarios sobre diversos temas, hasta que se despidieron en santa paz, superados los contratiempos que surgieron en sus primeros encuentros.

Al día siguiente, puntual, Agnolo pasó a recogerlas al hotel y las llevó a su residencia en las afueras de Florencia. De veras, el hombre se había quedado corto al llamarla su casa; aquello parecía más bien un palacete rodeado de bosques y colinas, al que se accedía por una carretera sinuosa, casi exclusiva.

Tan pronto estuvieron en la casa, Isabel quiso conocer la portentosa biblioteca de la que tanto había oído la noche anterior, pero Agnolo insistió en que primero debían efectuar un brindis en homenaje a su llegada, por lo que mandó a un sirviente a que trajera una botella de vino de su cava. Después de un breve discurso sobre la nobleza del contenido de aquella botella, y sobre la ocasión tan especial que motivaba su consumo, las acompañó al estudio, tan grande como el piso de una biblioteca universitaria, donde los libros se ubicaban según tema y de acuerdo con su antigüedad, notaron cómo las condiciones de temperatura y luminosidad estaban calibradas en ciertos sectores.

—Me tomé el trabajo de organizar algunos textos que se refieren al tema que tanto te interesó anoche, mi querida Paola, la reencarnación.

—¿De veras crees en esa teoría?

—¿Teoría o realidad? Es extraño hablar de eso en los tiempos que corren, amigas mías. Ya lo imposible y lo posible coexisten en el mismo plano, ¿o no?

—Hace poco le dije eso mismo a Paola, durante estos últimos días me ha parecido estar viviendo en un carrusel, en donde la realidad y la fantasía nos zarandean de un lado para otro, retando nuestro sentido común. Es como si viviera dentro de una novela.

—Isabel tiene razón, y eso que siempre ha sido incrédula; a ella solo la convencen los hechos. A propósito, ¿cuál es tu verdadera identidad, Agnolo?

62

—La que tienes delante, querida Paola; ya hablamos que en adelante cero mentiras.

—¿Y aquellas historias de policía encubierto, de artista, de…?

—De haberme conocido más podrías agregar varias otras profesiones. Es que me muevo en un mundo difícil, en donde hay que hacer muchas cosas para cumplir con los deberes cotidianos. Recuerda que, entre otras cosas, soy custodio de un gran legado familiar.

—Pero Vicenzo y Franco, ¿no saben quién eres?

—Saben lo que tienen que saber. Mediante mi trabajo como artista y comerciante de arte tengo el acceso necesario a sus hogares; ellos me estiman como un pariente.

—Pero, ¿eres un pintor?

—Con toda humildad, uno de los mejores de Florencia. Aquí tienes mi tarjeta, con mi página web, con enlaces a los sitios en donde se subastan mis obras. Allí puedes encontrar lo que dicen los críticos sobre mis pinturas, y lo que se paga por un cuadro firmado por Filippo Panciatichi, mi seudónimo artístico.

Agnolo era toda una caja de sorpresas para las dos amigas que se habían embarcado en aquella aventura para encontrar las raíces del árbol familiar, y que ahora se veían incluidas en todo un desfile de revelaciones. Hasta colmó su asombro cuando les hizo saber que era accionista mayoritario del Hotel Vittoria, en donde las había visto por primera vez.

—Está bien, de veras que nos impresionas, Agnolo, o Filippo. Pero aprovechemos el tiempo y veamos qué es lo que dicen estos libros.

—Claro que sí; voy a bajar a atender algunos asuntos de negocios; en tres horas subiré para que me comenten lo que han encontrado. Allá hay dos computadoras si desean revisar el material antiguo que ha sido digitalizado para preservar los originales. Si desean algo, mi secretario privado acudirá con solo oprimir este botón. Hasta luego.

Las dos amigas quedaron frente a una gran cantidad de libros, modernos y antiguos, pero sobre todo impresionadas por encontrarse en aquel lugar que, de algún modo aún no claro, les concernía, en especial a Paola.

A medio día apareció Agnolo, invitándolas a tomar un descanso en la sala de estar, mientras esperaban la comida que ya estaba a punto, según informó.

—¿Y? ¿Qué tal la investigación? ¿Aprendieron algo? ¿Qué dices, Paola?

—Me siento confundida; todo esto de la reencarnación traiciona de alguna manera mis creencias, y no solo eso, sino que siento que me convierto en una hereje.

—Es curioso escuchar esa palabra medieval en una mujer que solo anoche se declaraba de mente abierta.

—Sí, pero es que hay cosas con las que crecí; son las que he conocido siempre, y ahora, me encuentro abocada a pensar que nada de eso era correcto.

—Eso es porque nuestra cultura occidental, la cual comparto, no lo olvides, nos enseña a pensar en blanco y negro; sin matices. Algunas de estas creencias a las que aluden no es que sean falsas, es que coexisten con otras porque no son excluyentes.

—Yo pienso como Agnolo, Paola. No te debes sentir mal, porque no cometes ningún pecado. Lo que hacemos en nada tiene que alterar tus creencias si son firmes y sólidas. La Iglesia Católica tiene su opinión sobre la reencarnación, pero una opinión, por respetable que sea y por numerosos que sean los que la sostienen, puede estar sujeta a revisión. Solo nos estamos informando sobre un tema.

—Está bien, está bien; no se trata de que me sienta mal, sino que es el natural proceso de acomodo entre las diversas enseñanzas que uno va conociendo. Hasta ahora

64

eso de la reencarnación era para mí una información cultural; había veces, incluso, que yo era parte de ese proceso, pero sin detenerme a analizar sus implicaciones, que es lo que ahora estoy haciendo.

—Amigas, estoy seguro de que han comprendido que la reencarnación se refiere al espíritu, más bien a la acción del espíritu, entendiendo que lo hace como entidad primera, racional e inteligente del ser humano. Fíjense. el cuerpo humano es la herramienta con la que el espíritu demuestra la vida y sus formas. Estos libros que han leído afirman que el hombre está formado por tres entidades. cuerpo, alma y espíritu.

Isabel levantó la mano, como si se tratara de una conferencia o de una clase magistral, para emitir su opinión.

—Es cierto. Yo anoté aquí que el emperador Constantino borró del Nuevo Testamento las referencias a la reencarnación en el siglo IV, cuando el cristianismo se convirtió en la religión oficial del Imperio Romano. El emperador consideró que el concepto de la reencarnación amenazaba la estabilidad del imperio. Si las personas creían que tenían otra oportunidad de vivir, podían ser menos obedientes de la ley. El Concilio de Constantinopla respaldó este acto de Constantino, declarando oficialmente la reencarnación como una herejía. La Iglesia temía que la idea de la reencarnación debilitara su creciente poder. Algunos padres de la Iglesia, como Clemente de Alejandría y San Jerónimo, aceptaban la reencarnación y creían en ella, al igual que los gnósticos. En el siglo XII, los cátaros cristianos de Italia y el sur de Francia sufrieron grandes persecuciones por su creencia en vidas pasadas.

—¡Bravo! Excelente esa anotación. Espero que ahora veas, Paola, que no está tan divorciada tu religión, nuestra religión, de eso que estamos tratando.

—Sí, ya lo había notado. En aquel libro de allá recuerdan que los evangelios aseguran que San Juan Bautista era Elías reencarnado. Afirman que la parábola del ciego de nacimiento, castigado por sus pecados anteriores, se constituye en un interesante motivo de análisis.

—Así es, mis amigas, no olviden que la reencarnación es una creencia que predomina en la cultura y religiones de la India milenaria, cuyos habitantes afirman que cada individuo es exacto lo que él se ha ganado. Lo rodea aquella felicidad cuyos derechos ha adquirido en el pasado. Se enfrenta en la actualidad con las deudas contraídas en la vida anterior y que hoy le salen al encuentro. La infelicidad es el resultado del sufrimiento infligido a otros en la vida anterior y que antes de nacer aceptó ahora reparar. Si su cuerpo hoy es débil, es porque antes lo descuidó, si carece de amigos es porque en la anterior vida no los hizo. Para ellos el hombre es el resultado de su pasado y será el fruto de su presente. Los dones y facultades actuales son el resultado de su sincero trabajo de ayer. Quien trabaja de esclavo puede volver hecho un príncipe por respetabilidad y méritos ganados. Quien gobernó de rey puede volver vagando por el mundo, vestido de harapos por cosas que hizo o dejó de hacer. Si quieres conocer el presente, mira tu pasado; si quieres conocer tu futuro, mira tu vida presente.

—Es cierto, lo que Isabel y yo encontramos nos lleva a deducir que esta es una doctrina presente en muchas culturas del mundo, a través de los tiempos.

—Y a propósito de tiempo, es hora de bajar al comedor; me informan que la comida está servida.

CAPÍTULO 7

Más que un almuerzo, Agnolo ofreció a sus huéspedes un banquete similar al de un cuadro de aspecto renacentista que colgaba frente al comedor y que se llamaba, según Agnolo, "En casa de Lúculo". Después, los tres salieron a conocer el jardín, a recorrer la senda de esculturas que llevaba al taller de pintura de Filippo Panciatichi, su alter ego, y a admirar el hermoso paisaje florentino que se admiraba desde la terraza.

Por la tarde, Paola regresó sola a la biblioteca, Isabel decidió quedarse hablando con Agnolo sobre sus pinturas. Había visto un libro que le llamó la atención. el Kybalion. Allí se afirmaba que la mente, así como todos los metales y demás elementos, pueden ser transmutados de estado en estado, de grado en grado, de condición en condición, de polo a polo, de vibración en vibración. Según el texto, la verdadera transmutación hermética es una práctica, un método, un "arte mental". Sostenía que los herméticos fueron los verdaderos creadores de la alquimia, de la astrología y de la sicología mística, y que de la astrología ha derivado la astronomía moderna, de la alquimia ha surgido la química y de la sicología mística la sicología moderna.

—Según lo que deduzco de esta lectura —se dijo a sí misma luego de levantar la vista del texto—. Que, en alquimia, si bien la transmutación significa cambiar la naturaleza de algo, como en el caso de los metales de poco valor en oro, esto simboliza más bien una forma de química mental, donde lo que se busca es cambiar las condiciones del universo, trátese de la materia, de la energía o de la mente. Ese es el verdadero sentido de la piedra filosofal, en cuyo concepto los alquimistas vieron el resultado de todos sus esfuerzos por la materialización de sus fuerzas mentales y espirituales. La materia de la piedra era alma, espíritu y cuerpo.

Ahora estaba más informada de lo que se esperaba de ella, como reencarnación de Vittoria Scola y sabía más sobre qué era lo que pretendía ella con las indagaciones que le costó la vida quinientos años atrás.

Se le ocurrió que, con lo que había aprendido, y como Agnolo creía que Vittoria había reencarnado en ella, podía fingir que entraba en trance para actuar como Vittoria y solicitarle a Agnolo toda la información que ella sabía que él ocultaba. Se podía considerar como una pequeña broma, y estaba segura de que le daría excelentes resultados. Por si acaso, no le informaría de esto a Isabel, para que no sospechara. Esperaba que su amiga no se asustara mucho, pero ya lo tenía decidido y lo haría en el próximo encuentro con su primo.

Isabel se reunió con ella en la biblioteca, después de estar en el taller y en la galería que tenía allí Filippo Panciatichi. Estaba radiante de felicidad e impresionada por los cuadros que pintaba Agnolo y los que coleccionaba y exhibía en la casa.

—Tienes que pasarte más de una tarde para contemplar todos esos lienzos. Paola, ese tipo es extraordinario; si vieras las fotos que tiene de las recepciones que da en esta casa. ¡Viene gente importantísima de toda Italia!

—Sí, de veras, este Agnolo es increíble, y atesora aquí tanta información.

—Paola, todo esto va a terminar en algún momento; pronto deberemos regresar a Panamá, ¿te has puesto a pensar en eso?

—Claro, así debe ser. El viaje era para dilucidar estos asuntos y hasta ahora así lo hacemos.

—A veces pienso que estoy soñando; todo lo que

68

aprendí en la Universidad, tanto en Arquitectura como en Literatura, se queda chico ante el volumen de información que estoy procesando en esta casa.

Paola sonrió al ver a su amiga tan impresionada. Sin embargo, ella tenía un plan y lo llevaría adelante para acelerar el desenlace de todo ese enigma. Esa noche, mientras cenaban, hablaron sobre la transmutación de los metales y sobre doctrinas universales, un tema que a Agnolo le fascinaba tanto o más que a ellas. Durante los postres, Paola hizo una declaración a la que le quiso dar un aire de solemnidad.

—Quiero que sepan que me considero una autoridad en el arte de la transmutación de la materia.

Isabel rio de buena gana, pensaba que la afirmación provenía de las copas de vino que su amiga había consumido. Pero no, Agnolo y ella se enfrascaron en una discusión en la que parecía quedar claro que Agnolo estaba más interesado en la transmutación física, mientras que a Paola le atraían los cambios mentales y espirituales. Cuando terció en la discusión, el hombre soltó una carcajada.

—Amigas mías, tienes que comprender la diferencia, las mujeres son románticas y los hombres somos pragmáticos.

Isabel quiso hacer una broma y añadió.

—Recuerda que tú insistes en que Paola es la reencarnación de Vittoria y sí eso es así, a ella solo le interesaba la transmutación del alma.

Esta era la oportunidad que Paola necesitaba para fingir que caía en trance y que Vittoria contestaba por ella. Se desplomó sobre el diván, con un estudiado golpe de efecto y, tras un ligero estremecimiento, puso los ojos en blanco como había visto en el cine que se representaban las posesiones. Ahora venía la parte difícil de la representación, hablar. Ella conocía bien el parlamento que había creado para la ocasión, lo había practicado un par de veces y no debía ser obstáculo para salirse con la suya, pero cuando intentó iniciarlo sintió que su boca, su lengua, su rostro, comenzaban a moverse sin que ella pudiera ejercer su voluntad, y se escuchó a sí misma hablando en un italiano extraño, grave, distinto al que ella pronunciaba siempre.

—Soy Vittoria Scola, y quiero solicitarte a ti, el custodio de mis memorias, que le brindes toda la cooperación a Paola. Ella es depositaria de mis conocimientos de hace quinientos años. En tu poder están mis memorias, las que escribí cuando estuve detenida y ellos esperaban que transmutara el oro. Esa información la necesita Paola para finalizar mi trabajo. No la retengas, Agnolo. No lo dudes más, ella es la persona en la cual recayó la profecía. Este es el tiempo de que se cumpla y la persona es Paola.

Agnolo e Isabel, paralizados por el horror, casi no respiraban. Observaban a Paola quien, después de revelar el misterio, se había quedado dormida. Agnolo se levantó y le tomó el pulso. Miró a Isabel y le hizo un movimiento con la cabeza dándole a entender que estaba bien. Poco después, Paola despertó y los miró, azorada.

—¿Qué me sucedió?

Tanto Agnolo como Isabel se disputaron el derecho de explicar el suceso acontecido ante sus ojos, enfatizando en el nivel del italiano empleado, coincidiendo ambos que era una forma antigua que ella no estaba en disposición de dominar. Paola no comprendía lo que pasaba. No se atrevía a decir que había planeado fingir aquel trance porque ahora se daba cuenta de que lo sucedido no estuvo en su voluntad. Tratando de retomar el control de la situación, le preguntó a Agnolo.

—¿De qué memorias estamos hablando? ¿Aún dudas de que yo sea la persona a quien se le transferirán los conocimientos de Vittoria Scola?

Agnolo cerró los ojos para descansar unos segundos. Habían sido muchas emociones juntas y quería poner sus ideas en orden.

—No, sería un escéptico redomado si a estas alturas dudara de quién eres en verdad. Comprenderás que tenía que estar seguro. Siempre he vivido en guardia, los timadores abundan. Espero que lo entiendas y me perdones. Tenía la responsabilidad de hacer entrega de estos documentos a la persona indicada.

Enseguida le prometió que al día siguiente le entregaría los papeles, ya que estaban depositados en la caja de seguridad del banco de Florencia.

Paola pasó una noche inquieta, su interior estaba perturbado por la serie de emociones vividas en los últimos días, y en especial después de la cena. No pudo conciliar el sueño, sino hasta la madrugada y, apenas lo hizo, le asaltaron una serie de visiones extraordinarias. Se vio en una celda escribiendo unas notas. Lo que más le llamó la atención era la pluma con la cual escribía. Era antigua, nunca había visto una igual, a cada instante tenía que mojarla en un pote de tinta. El papel en que escribía también era extraño, más parecido al pergamino. Ella se veía vestida de una manera extraña, con un atuendo negro ceñido en la parte de arriba, mientras que la falda era amplia y larga. Calzaba una especie de botas y hacía un frío intenso. Sus cabellos eran largos e iban recogidos en un moño.

En el escrito se convocaba a una reunión secreta; ella iba a presidirla. Se abrió la puerta de su celda y entraron dos hombres, quienes le hablaron de su cita con la Inquisición. Ella había puesto los papeles a un lado, sobre el camastro; lo peculiar de la visión era que ella veía los papeles dentro de un sobre amarillo de los que se usan en

71

la actualidad, pero los hombres, en cambio, parecían no verlos. Cuando salieron de la celda, llevándose a Vittoria, los papeles quedaban allí, como olvidados. Cuando despertó, no estaba segura si había sido un sueño o, si por algún misterio portentoso había podido asomarse a otra vida, tan reales eran las imágenes.

A su lado, Isabel dormía. Cuando miró el reloj, eran las cinco de la mañana. A esa hora la venció la fatiga y se quedó dormida, lo que significó para ella, más que un descanso, una verdadera tregua. Cuando despertó, se dijo que debería tratar de dormir más de ese modo, para poder resistir tantas tensiones que esa situación tan irracional le provocaba. A esa hora, ya Isabel se había levantado y se veía radiante, así que se vistió deprisa, se puso unos pantalones color gris y una camisa color vino, mientras que bajo el brazo guardó su abrigo negro por si acaso enfriara la temperatura. Isabel la miró divertida.

—Admiro tu actitud, nunca te das por vencida y cuando una piensa que vas a abandonar la tarea, renuevas tus fuerzas y comienzas con nuevos bríos. Entre más se complica la situación más optimista te veo. ¿De dónde sacas tanta resistencia?

Paola reflexionó. "¿Cuántas veces ella misma se había hecho esta pregunta? No tenía respuesta". Por esa razón desvió la conversación y le comentó a su amiga que había soñado que estaba en una celda y que ella era Vittoria Scola. Esto exaltó a Isabel y, con un tono que demostraba ansiedad y desasosiego, afirmó que ella creía que lo de la reencarnación no era una idea descabellada. Añadió que había muchos indicios inexplicables que reafirmaban sus sospechas. Paola trató de tranquilizarla y le expresó que ella era escéptica porque nunca había considerado coherentes los argumentos que defendían el concepto de la reencarnación.

—No adelantemos juicios, dejémoslo todo al tiempo, él se encargará de poner cada cosa en su lugar.

72

Isabel reconoció que su amiga tenía razón. Para qué malgastar energía en suposiciones, era mejor esperar que los acontecimientos aclararan toda esa maraña. Cuando bajaron al comedor, ya Agnolo las esperaba, con evidente nerviosismo.

—¿Qué ocurre? ¿A qué viene tanta preocupación?

—Ha sucedido algo terrible e inimaginable.

—Explícate, porque nos tienes en ascuas.

—¡Las memorias de Vittoria Scola han desaparecido! Hoy temprano me llamaron del banco y me dijeron que las cajas de seguridad fueron robadas y que ellos repondrán el dinero, pero con relación a los documentos no pueden hacer nada.

Paola no comprendía quién podría tener interés en esos papeles. Se acercó a su primo, le acarició los cabellos.

—No te preocupes. Ya encontraremos la forma de recuperar esos documentos. Hasta el momento todos los obstáculos los hemos vencido, no te vayas a descorazonar.

Luego, le narró a Agnolo su sueño de la noche anterior, haciendo una descripción tan detallada del documento que él, confundido, afirmó.

—Has descrito las anotaciones de Vittoria con mucha precisión, como si las hubieras visto con anterioridad.

—Estoy segura de eso. Contéstame, ¿guardabas los documentos en un sobre lacrado, de color amarillo?

—¿Cómo lo sabes? Ese sobre no lo ha visto nadie.

—Me extraña mucho que a estas alturas tú hagas ese tipo de preguntas. Ese sobre no fue robado, se mantuvo oculto a los ojos de los ladrones y pronto te llamarán del banco para decirte que lo recuperaron.

La conversación se vio interrumpida con la entrada del secretario de Agnolo, quien le informó que tenía una

73

llamada en espera. Cuando regresó venía con una sonrisa de asombro en sus labios.

—Cada vez me asombras más, Paola. En efecto, encontraron las memorias de Vittoria. Los ladrones no se llevaron el sobre, tal vez porque no le dieron importancia al contenido. Me solicitan que pase de inmediato a buscarlas.

Mientras Agnolo se iba a cumplir con su misión, Paola e Isabel compartieron una comida ligera y luego fueron a la biblioteca para continuar con sus indagaciones. En eso estaban aun cuando regresó Agnolo, jubiloso.

—Aquí traigo una parte importantísima de la historia que nos interesa.

Y sacó del sobre amarillo un libro pequeño, empastado en cuero y con ribetes de oro, en el que se hallaban compaginadas las memorias de Vittoria Scola.

—Los ladrones lo echaron a un lado para conformarse con las prendas y el dinero que había; no le dieron importancia.

—O tal vez no lo vieron. tal como yo lo soñé.

CAPÍTULO 8

Paola e Isabel le pidieron a Agnolo té frío. Necesitaban algo que bajara el nivel de sus temperaturas corporales, mientras él abrió con mucho cuidado el libro. Paola se levantó y miró el documento. La tinta había palidecido tanto que los signos, aunque legibles, parecían más bien sombras.

—No entiendo nada de lo que está escrito.

—No te preocupes. Hace un siglo, más o menos, un experto hizo la transcripción que está al final, en la cual se puede leer mejor.

En efecto, en las páginas finales había unos legajos más recientes, con una caligrafía hermosa y bien definida. Isabel pidió el honor de realizar la lectura, por el solo mérito de tener un documento auténtico del Renacimiento en sus manos.

"Mi nombre es Vittoria Scola, estoy detenida por negarme a utilizar mis conocimientos en alquimia para el beneficio material de las autoridades terrenales. Comenzaré a relatarles mi vida para que puedan comprender mi actitud, la cual fue censurada por tanta gente. Voy a dar órdenes de que estos escritos no se den a la luz pública, sino hasta dentro de quinientos años, cuando a una de mis descendientes mujeres le sean transferidos mis conocimientos. Estas memorias serán un legado de familia y ellos serán sus custodios.

Mi madre se llamaba Lucrezia Scola, era sirvienta en la mansión de la familia Cavello. En esa casa crecí, estudié y me convertí en una señorita culta, sin saber que mi padre era el dueño de todo aquello que abarcaba la vista. Cuando murió mi madre, una de sus últimas palabras fue

75

para darme a conocer que yo era una Cavello, pero ilegítima, por lo que tendría que arrastrar ese secreto por las calles, si alguien no se apiadaba y me recogía. No consideré que aquello fuera justo; un día que Michelangelo Cavello pasaba delante de la casa de la servidumbre me puse frente a él y le hice ver que era mi padre. Tal vez lo hice para apurar mi muerte, como bien tuvo intenciones de cumplir con mi deseo uno de los hombres de su guardia. Pero él lo detuvo. Después diría que vio en mí la casta de los Cavello. Ordenó que fuera llevada a su palacio e integrada a las damas de compañía de sus hijas. Eran unas niñas con pocas ideas en su cabeza, destinadas tan solo para agradar a algún príncipe o noble que las desposara. Pronto destaqué entre ellas por mi ingenio y mis dotes intelectuales, y así lo notó mi padre, quien acostumbraba a reunirse a conversar conmigo sobre temas reservados para las tertulias de los caballeros. Aunque él me dispensó todos los honores a los que yo aspiraba, y más, ya que me consideró como igual entre sus hijas, nunca acepté cambiar mi apellido. Era mi forma de rendir homenaje al sacrificio de mi madre.

Al principio, las objeciones de la familia fueron muchas, pero mi padre impuso su decisión. Mi interés mayor era estudiar, aprender sobre las materias que manejaban los sabios, y mi posición económica me permitió lograrlo. Aprendí sobre ciencias, religión, historia, filosofía, astrología y alquimia, que fue lo que más llamó mi atención.

Entre el conocimiento y la herejía no había más de un paso. Se contaban por centenares los llevados al tormento y hasta a la hoguera, víctimas de la Inquisición. Sin embargo, yo pensé que como parte del clan de los Cavello estaba lejos del alcance de los Sacros Tribunales, y proseguí mis estudios, los que irritaban a muchos hombres de Florencia.

Mi padre enfermó y pronto murió en su lecho. Él se había equivocado tantas veces, pero al final reconoció sus errores con hidalguía y los corrigió con valor. Sus últimas palabras fueron para perdonar a sus enemigos, que eran muchos, y para pedir perdón a todos los que había ofendido, que también eran muchos, y le pidió al Creador que le concediera el reino celestial como máxima conquista. Michelangelo Cavello murió en la paz de Cristo y bajo el signo de la Iglesia.

En ese instante comprendí que después de tantos años estudiando alquimia, mi padre me había dado la lección de alquimia espiritual más grande. Había transmutado mi odio en amor; la culpa en perdón, la verdad amarga en una verdad liberadora, el desprecio en respeto. Porque la perfección no es el saber mucho, sino amar mucho, como Dios nos ama y Él siempre nos perdona. A través del amor de mi padre pude comprender el amor a Dios. Justo antes de morir le hice saber esto y le di las gracias por su amor y por sus enseñanzas.

Cuando el albacea de mi padre leyó el testamento, se supo que este solo tenía una página. A cada uno de sus hijos e hijas les dejaba una finca y dinero suficiente para poder vivir. El resto de su fortuna, que era cuantiosa, así como la casa de los Cavello, me la dejaba a mí, "por mi prudencia y sabiduría" según se pudo conocer en el testamento. El disgusto fue general y me vi cubierta por el rencor y el odio. Recordé la actuación de mi padre y me encomendé a su alma para pedirle consejo; así fue, les dije que el que no estaba de acuerdo podía marcharse de la casa. Pero también dije que estaba dispuesta a compartir la casa y toda mi fortuna con ellos, con la condición de que fuera una convivencia en paz y armonía. Todos se marcharon y me dejaron sola. Varios meses permanecí

77

sin compañía familiar, pero por lo menos tenía tranquilidad.

Seis meses después, el primero en regresar fue mi hermano menor Nicola. Me pidió que lo dejara quedarse. En los meses siguientes fueron regresando todos mis otros hermanos y nos integramos como una familia feliz. Al cabo de un año nos queríamos entrañablemente. Acordamos visitar la tumba de mi padre para orarle y decirle que estábamos más unidos que nunca.

Pasado un tiempo, mis recintos interiores se poblaron con el entusiasmo y la alegría. Mi vida que antes era rutinaria experimentó una gran transformación. Yo seguí con mis estudios. Cada día más feliz entre mi aprendizaje y mis trabajos de ayuda a los necesitados. El salón de reuniones de mi padre lo transformé en un liceo, donde yo misma impartía clases de lectura y escritura. Los primeros alumnos fueron los empleados de la hacienda de mi padre y las criadas de la casa. Después llegaron las demás personas. En dos meses tenía cincuenta personas a las que les enseñaba a leer y a escribir.

Una tarde, estaba en la biblioteca cuando el ama de llaves me anunció una extraña visita. Un representante de la autoridad eclesial me buscaba. No alcanzaba a comprender cuál era la razón de su visita. Lo hice pasar. Una vez en el despacho me informó que tenía una fuerte acusación en mi contra. Permanecí callada. Se me explicó que había recibido una denuncia donde se me acusaba de practicar la hechicería. Esto me causó risa y sin poderme contener le dije que era lo más absurdo que había oído. Que había sido criada con sólidos principios católicos y que nunca ofendería a Dios con ese tipo de prácticas.

El representante eclesial me señaló que la acusación concreta era que yo pertenecía a una logia hermética que practicaba la alquimia. Esta vez lo confronté y le dije que la alquimia no era opuesta a la cristiandad, sino que la complementaba y esto lo demostraba la efusión eucarística, no solo el pan y el vino son transubstanciados, sino la piedra y el plomo. También le afirmé que los alquimistas hemos ocultado nuestros conocimientos para no ser objeto de injurias, burlas y persecuciones. La sociedad en que vivimos no ha evolucionado hasta un nivel que pueda comprender el significado espiritual de nuestro trabajo, por esa razón nos hemos visto obligados a conservar la información dentro de los límites de hermandades secretas.

Mi interlocutor me miró burlón y me retó a que con mi hechicería me salvara del lazo tendido por manos cobardes e ignorantes. Hay dos tipos de ignorantes en el mundo. los humildes, que por querer aprender ya son sabios, y los soberbios, quienes creen que lo saben todo, pero que nunca ascenderán un ápice desde su ignorancia.

Fue tan pasional mi defensa de mis actividades que el representante de la Iglesia, salió escandalizado, gritando, "hereje, hereje". Ese día se firmaba mi sentencia de muerte.

Poco después fui detenida en el transcurso de una clase de lectura. Mientras escribo estas notas pienso que esa fue una de las causas principales de mi persecución. Los monjes dominicos, cuidadores del saber y de los libros manuscritos, alzaron sus voces y afirmaron que la lectura llevaría a la humanidad a la perdición. Según la Iglesia, la gente no estaba preparada para leer lo que les cayera en sus manos sin pasar por el tamiz de los custodios del saber. Afirmaban que la lectura era un arma del diablo. Ellos deseaban que el pueblo se mantuviera en la ignorancia para poder manipularlo. Además, una mujer intelectual en esta época es una grave transgresión al orden.

Esta tarde está lloviendo. Pronto vendrán por mí, ya me lo advirtieron, luego de pedirme varias veces que transmutara el plomo en oro. Por mucho tiempo su solicitud ha sido esa. Están interesados en que transmutara gran cantidad de plomo en oro porque según ellos necesitan mucho dinero para ayudar a los menesterosos. Falsedad.

Pero ayer accedí a realizar una demostración, pensando que así podría regresar a los míos, para seguir mi misión. Trasmuté para ellos una pequeña cantidad de plomo en oro, y esto hizo que saltarán de alegría como cerdos ante la comida. Llenos de avaricia, sus exigencias se hicieron más fuertes. Luego desearon que trasmutara grandes cantidades de metales de poco valor en oro. Una y otra vez, me negué hasta que perdieron la cabeza. Hicieron un juicio y me han condenado a morir en la hoguera.

Creo que lo que no me dejó hundirme en la más cruel de las desesperaciones fue la plegaria, me mantuve orando todo el tiempo. Sin recuperar la fe me hubiera sido imposible soportar tantos meses de encarcelamiento y la presión que ejercieron sobre mí las autoridades eclesiásticas. Por esta razón quiero dejar mis memorias, para que sea una enseñanza para las personas que en determinado momento de su vida pierden la fe en sus creencias. Conserven el amor, recen mucho y se darán cuenta de que la fe retornará en el momento menos esperado y se afincará en sus corazones para siempre.

Una noche en mi celda cerré los ojos y comencé a rezar. La temperatura del ambiente descendió, abrí los ojos. Una luz intensa me obligó a volverlos a cerrar. De dónde vendrá esa luz, me preguntaba. Abrí los ojos, la luz se había extendido por toda mi celda. Junto a la mesa, un hombre joven de mirada tierna me sonreía. Me incorporé. No tenía la menor idea como ese hombre había entrado. No sentí miedo, estaba curada de espanto. Me acerqué al misterioso visitante y le pregunté que quién era. Me dijo que era El Enviado. Que lo habían mandado a consolarme porque me sentía abandonada y había dudado del amor que Dios me tenía. Llena de sorpresa le pregunté que si aun así Dios se ocupaba de mí y me respondió que Dios es comprensión y amor.

Caí de rodillas, liberada de ese peso que había llevado desde el día que fui detenida. Le dije a mi Ángel que me entregaba a él para ser guiada, para que me pusiera en el recto camino. Que me enseñara si era ignorante. Que me levantara si había caído. Le pedí que me llevara al cielo para poseer la felicidad eterna.

Hasta ese momento vivía entre la incertidumbre y el temor. Desolada y vestida de tristeza, era tal mi confusión que caía en contradicciones. En ocasiones, los dolores superaban la capacidad de resistencia. Había avanzado al borde más peligroso de la vida, al abismo de la desesperación. Me di cuenta de que el paraíso está en el corazón, pero también está el infierno. Pensé que toda esa tribulación era castigo de Dios por mis pecados, por el odio que sentía por mis agresores. Reconocí que ese sentimiento era un veneno. Examiné mi culpa y con humildad pedí perdón.

Con la llegada de mi ángel comprendí que no hay odio que se pueda resistir a la bondad y al amor. Reflexioné. ¿Qué es más fuerte el fuego o el agua? El odio es un sentimiento fuerte, pero más fuerte es el perdón. El odio es el fuego y el perdón el agua. Cuando ambos se enfrentan, siempre sucumbe el fuego. Me llené de esperanza porque la esperanza es más fuerte que el desaliento.

Durante este tiempo he recibido la visita de mis hermanos en el conocimiento, quienes sufrían mucho. Les solicité que no regresaran, ya que me afectaba verlos traspasados por el dolor. Uno de ellos, Agnolo, me prometió volver hoy, en vísperas de mi ejecución. Le entregaré estos papeles y le pediré que los conserve como un testimonio de mi martirio.

Agnolo deberá encargarse de que pasen de generación en generación por un período de quinientos años. Al final de este tiempo, a una descendiente mujer que vendrá de un mundo que aún está por conocerse, se le transferirán mis conocimientos cuando entienda su papel.

Mañana moriré en la hoguera, como una hechicera, pero mi alma subirá al cielo como subían mis ojos cada vez que anhelaban el conocimiento."

Junto a la transcripción de las memorias de Vittoria había otro documento escrito por Agnolo, su hermano en el conocimiento, como ella lo llamaba. Allí se daban detalles del juicio y la muerte de ella. Entre otras cosas, decía que las últimas palabras proferidas por Vittoria fueron. "Ese Dios de ustedes, no es mi Dios, no creo en un dios que mande a matar. Mi Dios es amor y más grande que el cosmos. Un Dios que consuela y siente compasión por aquel que lo ofendió, un Dios que nos recibe con un abrazo y prepara una fiesta en el cielo por nuestro regreso y conversión. Mi Dios vive y reina por los más pobres, por los perseguidos, por las personas que sufren. Ese Dios sufre desde mi dolor y me espera para compensar una a una todas mis desolaciones. A ese Dios que tanto amo le pido que tenga piedad de todos ustedes".

Agnolo escribió, con evidente turbación, que en el quemadero la ejecución tomó poco tiempo. Vittoria no tenía miedo, estaba segura de que de un momento a otro llegaría su ángel. Prendieron el fuego, las llamas subían por sus piernas. Se paraba en puntillas y el humo la hacía toser. Levantó la mirada para pedir ayuda y en ese preciso momento el ángel se presentó. La abrazó con mucha ternura, rescató su alma y se elevó. Todos los presentes contemplaron admirados la gran hazaña del ángel.

Cuando Isabel terminó su lectura levantó la vista y vio a Paola absorta, luego buscó el rostro de Agnolo y se dio cuenta de que este no se encontraba con ellas.

—Paola, ¿qué se hizo Agnolo?

—No sé, estaba aquí hace un momento.

—Así es, y no lo he visto levantarse.

—Además, no sé si te fijaste, pero Agnolo significa, ángel.

—¿Qué quieres decir?

—Eso mismo, que Agnolo significa ángel.

—¡Isabel! ¿Me estás diciendo que crees que Agnolo sea un ángel de verdad?

—¿Y por qué no? Tú caes en trance, adivinas el futuro, recibes mensajes del más allá, ¿no puedo tener yo mis propias excentricidades?

—Tienes razón, él podría ser el ángel que ha estado con nuestra familia durante quinientos años.

—Solo así puede haber recopilado tantos libros, tantos cuadros.

—¿Y por qué razón me iba a permitir verlo como si yo fuera de la familia?

—Porque tú eres parte del cumplimiento de la misión. Sin tu ayuda jamás lo hubiera logrado.

Paola estaba emocionada por los hechos conocidos y por la posibilidad de que existiese otra personalidad de Agnolo que hasta ahora desconocían. La coincidencia de encontrar otro Agnolo en la narración de quinientos años atrás podría hacerles suponer que él era en realidad el guardián de aquella información que se suponía ella iba a heredar de alguna manera.

—Escúchame, Paola, todo esto es interesante y me parece que avanzas mucho en tus indagaciones, pero creo que no hemos venido a Italia a encerrarnos en esta biblioteca medieval. Busquemos a Agnolo y digámosle que vamos a dedicar la tarde a recorrer Florencia, a conocer todos esos lugares interesantes de los que te hablé cuando planeábamos este viaje.

—Está bien, me siento agotada. Quizás Agnolo quiera ser nuestro ángel guardián durante ese recorrido.

Las dos amigas salieron riéndose de sus ocurrencias, pero cuando le preguntaron al secretario por el paradero de Agnolo, este les dijo que creía que estaba con ellas; luego, un sirviente les dijo que lo había visto buscando unas copas para una botella de vino que cargaba en las manos y una de las muchachas de la cocina creyó verlo atendiendo unas visitas. En ese momento, el secretario bajó a decirles que Agnolo las esperaba frente a la cochera para llevarlas a dar un paseo.

—¿Ya ves, Paola? Solo un ángel de verdad podría haberse anticipado de esa manera a nuestras intenciones.

Frente a la cochera estaba, en efecto, el auto de Agnolo, pero al volante y a su lado se encontraban dos desconocidos. Al ver al conductor, Paola creyó reconocer al sujeto que hablaba con Agnolo en el bar romano, pero le pareció imposible tal coincidencia. Cuando preguntaron por él, les dijeron que se había adelantado, pero que les pedía que lo alcanzaran en Florencia. Con un leve encogimiento de hombros, las dos mujeres ocuparon el asiento posterior del automóvil, que partió raudo.

Paola fue la primera en comenzar a notar algo raro cuando el auto se desvió por un sendero pedregoso por el que no habían pasado en su viaje hacia la casa. Hablando en español, le hizo ver esa situación a Isabel, quien ya estaba alerta también ante el cambio de vía, y enseguida le reclamaron al conductor, pero este intentó hacerse el desentendido. Cuando ella arreció en sus reclamos, el otro sujeto que iba al lado se volteó hacia ellas y les puso el cañón de una pistola en la cara. Con un acento que trataba de ser cortés, les dijo, cortante.

—*Signorinas*, les recomiendo mantenerse tranquilas. Así no me veré obligado a lastimarlas.

CAPÍTULO 9

Paola despertó con un fuerte dolor de cabeza. Lo primero que pensó fue que se había quedado dormida en una posición incómoda mientras veía la televisión, y se reprochó la costumbre de quedarse hasta tarde viendo películas. Luego se le ocurrió que el piso de su sala se movía demasiado y fue en ese instante en que cobró conciencia de que ni estaba en Panamá ni dormida en su sala.

A un lado suyo observó el cuerpo maniatado de Isabel, con la cabeza recostada sobre su regazo y una venda sobre los labios, igual que ella, y en un puesto cercano identificó a Agnolo, igual maniatado y amordazado, pero despierto. Presa del temor, levantó los ojos y a través de una ventana vio un cúmulo de claridad y blancura deslumbrantes. ¡Estaban viajando en una avioneta!

Agnolo se dio cuenta de que ella había recobrado la conciencia y trató de hacerle entender con los ojos que se mantuviera tranquila. Poco después sintió que la avioneta perdía altura y comenzaba a realizar maniobras de aterrizaje. En efecto, en cuestión de minutos divisó, desde su incómoda posición, una línea de montañas al nivel de las ventanas, luego la vegetación y el golpe seco de la nave al tocar la tierra en una pista que, por los saltos que daba la avioneta, no era de las mejores.

Sus dos secuestradores los ayudaron a bajar; Isabel aún estaba bajo los efectos del sedante que les habían administrado, y debieron cargarla hasta el auto que los esperaba. Cuando pudo ver el paisaje se dio cuenta de que estaba en una región montañosa, y al parecer lejos de Florencia. Casi a empujones los obligaron a subir a una

86

camioneta de doble tracción, obligándolos a mantener la cabeza abajo. Así iniciaron un tortuoso recorrido que finalizó en una vieja cabaña en medio de bosques y colinas. Allí los hicieron entrar en una de las habitaciones y los colocaron uno al lado del otro en sendas sillas que parecían haberlos estado aguardando. A esas alturas, ya Isabel había recobrado la conciencia y los miraba a todos en busca de una respuesta, que ellos no podían darle.

Después de unos minutos, uno de los sujetos del auto les quitó las mordazas y les ofreció agua, la que ellos bebieron. Enseguida les advirtió que si deseaban, podían gritar, pedir auxilio y todo lo que se les antojase, pues nadie iba a escucharles, pero que se iban a agotar mucho y esas fuerzas las iban a necesitar. Les pidió calma, les soltó las ataduras y les permitió ir a una letrina que estaba a un lado de la cabaña, advirtiéndoles que ante cualquier problema que ofrecieran volvería a maniatarlos. Luego salió y les dijo que estaría cerca, por si necesitaban algo.

—Agnolo, ¿quiénes son estos tipos que nos han secuestrado? ¿Cómo hemos quedado envueltas Isabel y yo en esto? Creo que sabes más de lo que aparentas.

—Lo mismo creo yo, Agnolo; y pensar que hasta llegué a considerarte un ángel. ¡Un diablo es que debes ser!

—Amigas, por favor. Aunque ustedes no lo crean, están más involucradas que yo en esto; viéndolo bien, si hay una víctima aquí, soy yo.

—¿Cómo?

—Esta gente está detrás de ti, Paola. De algún modo se han enterado del legado que reposa en ti y quieren explotarlo.

—¡No me digas!

—Es cierto, ayer robaron el banco, pero en verdad no sabían lo que buscaban, o no lo vieron, no sé; me habían estado siguiendo porque sabían que yo los llevaría a ustedes. Ahora quieren saber el secreto que tú posees.

—¡Pero qué secreto, maldita sea! ¿Poseo yo algún secreto?

—Según la tradición, sí.

—¿La tradición? Paola y yo vinimos a Italia siguiendo una dichosa premonición, pero hasta ahora solo hemos conocido una serie de leyendas locales.

—No las llames así, Isabel. Ustedes vieron los documentos en mi casa.

—Nada nos dijeron, ¡nada!

—Es cierto, Agnolo. Y hasta ahora no nos has dicho quiénes son estos hombres.

—Gente peligrosa. Quieren algo y no se detienen hasta lograrlo.

—El tipo que manejaba el auto en el que nos secuestraron, yo lo vi hablando contigo en aquel bar de Roma.

—Sí, cuando me dijiste que no me conocías.

—Espero que ahora comprendan mi actitud; a ese hombre lo habían enviado a convencerme de que les proporcionara información sobre el legado de Vittoria Scola. Yo negué tener esa información, por eso lo que menos quería era que las relacionaran a ustedes con ese tema.

—¿Y por qué no nos advertiste?

—Simple, porque no lo hubieran entendido. Si ni aún ahora, después de tantas pruebas, parecen creer en esa historia.

En ese momento, se abrió la puerta y entró un hombre gordo, bien vestido, flanqueado por los dos hombres del auto. Miró a los tres con cierta amabilidad y luego se sentó frente a ellos, con los dos matones a su espalda.

—Caballero, señoritas, espero que disculpen mi falta de cortesía al traerlos aquí de esa manera, pero las cosas se ponían difíciles de tratar en Florencia y preferí tenerlos más cerca para intentar de nuevo llegar a un acuerdo.

88

El gordo sacó un enorme tabaco de una cigarrera y uno de los tipos que lo rodeaba se apresuró a encenderlo. Aspiró profundo y dejó volar algunas volutas hasta el rústico techo.

—El distinguido caballero Filippo Panciatichi, aquí presente, sabe con cuánto interés hemos tratado de llegar a un arreglo con él desde hace unos cinco años, meses más, meses menos. Hasta ahora se ha negado, aduciendo que estábamos errados en nuestras informaciones. Sepa, mi querido Filippo, que su biblioteca en Florencia no es nada con la información que manejamos nosotros acá en el sur.

Hizo una nueva pausa para aspirar el tabaco, tiempo en el que Paola pudo deducir que el largo viaje que habían hecho desde el momento en que las sedaron en el auto, en Florencia, había sido hacia el sur de Italia, región en la que ellas habían estado hacía poco. ¿Cuál sería la relación de esos sujetos con el caso de Vittoria Scola?

—Por aquí es famosa la historia de una antepasada suya, señor Panciatichi, y quien al parecer también lo es de una de ustedes dos, señoritas, de usted, o de usted.

Hasta ese momento el gordo no las había mirado a ellas. En esta ocasión, apuntó su puro al rostro de cada una de las mujeres, enfatizando su afirmación, lo que provocó un estremecimiento en Isabel.

—¿Cuál de ustedes dos es Paola Moreno Finamore?

Agnolo trató de decir algo en defensa de las mujeres, pero enseguida uno de los dos pistoleros sacó un arma y se la puso en la sien.

—Ya el momento del diálogo con usted ha finalizado, señor Panciatichi. Es hora de que estas dos bellas damas se identifiquen.

—Soy yo y déjeme decirle que haré que usted pague por este delito que comete contra nosotros.

89

—Por favor, señorita, no es necesario que lleguemos a esas amenazas. Me parece que usted es una mujer de mundo, culta e inteligente. No creo que quiera meterme a la cárcel, eso me enojaría mucho y cuando me enojo puedo ser, muy malo.

El gordo le había dicho estas palabras con una expresión particular que tuvo su efecto en el ánimo de Paola, por lo que decidió cambiar el tema.

—¿Qué quiere de nosotros?

—Ya ve, ahora parece usted más razonable. Creo que esa es la manera en que se puede llegar a arreglos. Supe que usted es de Panamá, un país pequeño, es cierto, pero importante. Para algunas personas. Y además con esas playas hermosas, como sus mujeres. Tengo amigos por allá que me han invitado muchas veces a visitar ese paraíso, además, algo conozco de ustedes, y sé que podemos hablar.

—Aún no me dice qué quiere de nosotros.

—Oh, sí, discúlpeme mi bella dama. Resulta que usted, como Panamá, también es importante para muchas personas.

—¿Quiénes son esas personas?

—Franco y Vicenzo Finamore, por ejemplo.

Paola miró a Isabel. De modo que esas personas conocían a los Finamore, pensó. Pero aún no comprendía la motivación de su secuestro.

—¿Qué tienen que ver ellos en todo esto?

—Resulta que se dice que usted tiene la potestad de convertir en oro lo que toca.

—¡Ja! ¿Quién se ha creído que soy? Veo que se equivocó de cuento, ¡yo no soy el rey Midas!

—Así me gusta, que el buen humor aflore y fluya entre nosotros. Resulta que además de los cuentos del rey Midas, también me he leído los de la Santa Inquisición.

90

Paola comprendió que aquel tipo estaba informado del tema de Vittoria Scola y que buscaba sacar provecho de alguna forma que no entendía.

—¿Y usted cree en eso?

—Lo importante no es si yo creo o no; lo relevante es que el señor Panciatichi y los Finamore de Sala Consilina sí creen a pie juntillas en esa historia.

—¿Y qué con eso?

—Que ellos tienen muchísimo dinero y bienes, más del que se pudieran gastar en varias generaciones.

Aspiró el tabaco y volvió a mandar las volutas al techo. Aparentaba estar en pleno dominio de la situación.

—Es decir que todo se limita a dinero.

—Exacto, mi querida dama; como me imagino que ocurre en toda Italia, en Panamá, y en el mundo.

—Debe usted saber que hay cosas más trascendentales que el dinero, que el corazón humano, su voluntad, su esfuerzo por ir adelante es mucho más importante.

—Por favor, no me asuste, porque podía creer que Vittoria Scola ha vuelto del más allá a predicarnos a estos tristes mortales. Todo eso lo entiendo, aunque no lo comparto. Lo que quiero es que usted nos demuestre que puede lograr la…

El gordo miró el techo en búsqueda de la palabra adecuada para completar su idea. Luego de la vacilación, Agnolo aportó el término para romper la pausa.

—Transmutación.

—Gracias, mi querido Panciatichi, cuando usted logre hacerla, ¡eso! Frente a todos nosotros, estaré en posición de negociar su rescate con los Finamore, y algo aportará el distinguido florentino aquí presente.

—¿Pretende usted cobrar rescate para dejarnos libres?

—Así es. Los Finamore aportarán sus fortunas, Panciatichi la suya y luego se podrán quedar con usted para que los retribuya convirtiendo todos sus cacharros de cocina en oro, ¿no le parece a usted un trato justo?

—¡Usted es un miserable bandolero!

—Gracias por el cumplido. Aquí en esta caja le vamos a dejar estas dos barras de plomo. Tan pronto las tenga convertidas en oro, las llevaremos para exigir el rescate, ahora, si permiten, debo marcharme, pero los dejo en la buena compañía de mis fieles muchachos. Ah, y una última cosa, si mañana a estas horas esas barras de plomo siguen siendo barras de plomo, se habrá demostrado que estamos todos equivocados con usted, *signorina* Finamore, y podríamos pensar que no nos resulta útil, lo cual sería muy malo para ustedes dos, en especial para ustedes, porque mi amigo Panciatichi encontrará la forma de pagar por su estadía aquí.

Cuando se quedaron solos, Paola e Isabel se sintieron sumidas en la más angustiosa de las pesadillas. Aquellos sujetos creían que ella poseía un poder especial que les podría significar ganancias, y en realidad las estaban condenando a muerte. Paola enfrentó a Agnolo, a quien consideraba responsable de la situación.

—¡Agnolo! Tú debiste informarnos de esto, nos has puesto en un gran riesgo y encima de todos pareces el menos comprometido, ellos dicen que el único que se podría salvar aquí eres tú.

—¡Estoy a punto de creer que estás en combinación con estos delincuentes!

—Amigas, por favor, no hay nada más importante para mí que su seguridad, fue por eso que no quise ponerlas al tanto de esas amenazas, pensé que podrían regresar a su país con un buen recuerdo del viaje, sin estos sobresaltos.

—¡Bien lo has hecho! Isabel ni yo teníamos idea del peligro que corríamos andando a tu lado.

—Al contrario, ellos las estaban vigilando desde al-

92

gún tiempo atrás, yo lo sabía, y hasta había dado parte de eso a la Policía de Florencia, pero no había suficientes pruebas para acusarlos, por eso creí que en mi casa, rodeadas de libros y de historia, estarían a salvo, pero ellos se desesperaron cuando no obtuvieron la información en la cajilla del banco.

—¿Y ahora qué vamos a hacer?

—Tenemos que ganar tiempo, a pesar de que manejan algo de información, son ignorantes en algunas áreas. Conciben la alquimia como un truco de magia, esa es una ventaja para nosotros.

—No entiendo.

—Elemental, mi querida Paola, debemos aclararles que necesitamos tiempo y algunos materiales.

—¿Qué materiales?

—Les pediremos lo que usaban los alquimistas, la idea es ganar tiempo. algo arsénico, azufre, un poco de antimonio, mercurio y otro par de cositas, lo que sea con tal mantenerlos distraídos.

—¿Y luego?

—Ya veremos, ya veremos.

Llamaron a uno de los guardianes de la cabaña y le dijeron que necesitarían varias sustancias, se las anotaron en un papel, con algunas medidas inventadas por Agnolo para distraerlos un poco más y le encomendaron que no dejara nada por fuera. El tipo salió y más tarde oyeron el motor de un auto que se alejaba. El otro sujeto permanecía en la sala de la cabaña, con su pistola cerca de él.

Aquella noche pasaron incómodos, pues debieron dormir en el suelo, envueltos en unas frazadas que les habían dejado los secuestradores para protegerse del frío. Por seguridad, el guardián les colocó unas esposas que los mantuvieron sujetos a unas clavijas en la pared de la cabaña, reiterándoles la advertencia de que si daban problemas los ataría de pies y manos y los amordazaría.

Por la mañana, temprano, los despertó, los liberó para permitirles asearse y les ofreció pan duro, queso y bebidas gaseosas como desayuno. Bien entrado el día apareció el otro sujeto, el que Paola e Isabel habían visto en el bar de Roma, trayendo un maletín con los ingredientes solicitados. Con él vino también el gordo, quien los felicitó por el empeño puesto en la tarea. Por consejo de Agnolo, Paola le pidió que los dejara solos en la cocina, para dedicarse a su faena, que dijo debía ser metódica y concentrada, lo cual aceptó de buena gana el jefe de los secuestradores.

—Ahora es necesario que pongas mucha atención, Paola; con estos ingredientes se cometieron muchos fraudes en la antigüedad. Es necesario que reproduzcamos las fórmulas antiguas que aún recuerdo, para que logremos que el plomo se disuelva y se transforme, de tal modo que podamos hacerles creer que lo convertimos en oro. Así, ellos llevarán la supuesta prueba donde los Finamore.

—Pero expondremos a Franco y a Vicenzo al mismo predicamento en que estamos nosotros, lo ideal sería que la Policía pudiera enterarse.

—Debes confiar en mí, conozco a Vicenzo y sé que es de armas tomar, mucho más efectivo que la Policía. Por aquí las cosas se resuelven de esa manera, y no pienses que tus parientes son unos mancos.

—¿Y cómo sabemos que ellos van a enterarse de esto? ¿Y si se llenan de avaricia con las barras de oro y nos cortan el cuello para quedárselas?

—Eso sería absurdo. Ellos tienen la vista puesta en la hacienda y en las riquezas de los Finamore, y no van a perder tiempo acarreando químicos para que tú los conviertas en oro cuando pueden recibirlo de una vez, sabiendo cómo creen ellos en el legado de Vittoria Scola.

Isabel intervino en la conversación para expresar sus temores sobre la situación en que se encontraban.

—Hay algo que me atemoriza, ni siquiera sabemos dónde estamos.

—Ustedes no, pero yo sí, estamos en las afueras de Padula.

—¿Cómo lo sabes?

—Elemental, mi querida Isabel. Calculé el tiempo que tardó el tipo ese en ir y venir, medí el ángulo de la estrella que se veía desde el boquete que hay en el techo, establecí la dirección del viento frío que soplaba anoche entre los árboles y observé el contorno de las montañas que se ven desde la letrina.

—¿Y así pudiste determinar dónde estábamos?

—Claro que sí. Bueno, aunque me ayudó la etiqueta de compra que se coló dentro de este paquete de azufre. Aquí está el nombre, la dirección, el teléfono.

Paola no pudo evitar reírse de la conversación que sostenían Agnolo e Isabel. Mientras tanto, ella se colocó unos guantes que venían entre el pedido y se alejó hacia la cocina de la cabaña, portando la bandeja con los químicos y la caja con las barras de plomo. Allí encendió la estufa, puso unas cacerolas sobre el fuego y, con la misma naturalidad con la que hubiera preparado un desayuno, se puso a mezclar las sustancias.

Agnolo se esmeraba, en tanto, en confeccionar una fórmula con pesos y medidas que, según él, corroerían lo suficiente la superficie del plomo como para que cambiara de color y de aspecto, asemejándolo al apetecido oro. Isabel lo ayudaba, corrigiendo algún detalle y aportando otros, hasta que un olor peculiar los hizo levantar la vista hacia el lugar en que se encontraba Paola, ensimismada en sus asuntos. Cuando se levantaron para ver de qué se trataba aquello, la vieron inclinarse y sacar una sartén humeante del horno, en el que refulgían dos barras aún maleables de color amarillo brillante.

—¡Qué buena estudiante eres, querida prima! Aprendes rápido.

Por toda respuesta, Paola se quitó los guantes y se desplomó, desmayada.

CAPÍTULO 10

Los disparos, secos y nutridos, estremecieron la madrugada. Las dos mujeres y Agnolo trataron de incorporarse, pero se lo impedían las esposas colocadas en sus brazos. La oscuridad apenas era rasgada por los fogonazos de los disparos que iban y venían en todas direcciones. Cerca de ellos, en el cuarto contiguo, se oyó un grito de dolor y luego el golpe seco de un cuerpo al caer al piso. Casi enseguida se abrió la puerta y uno de los guardianes apareció tanteando en la oscuridad para dar con los rehenes. Ellos comprendieron que los estaba buscando para liquidarlos y, en efecto, comenzó a disparar contra el lugar en que se encontraban. Varios balazos silbaron por encima de sus cabezas, mientras los tres se aplastaban lo más que podían para evitar ser alcanzados. En ese momento, un tableteo de ametralladora se dejó escuchar a espaldas del matón y este cayó tendido cerca de ellos, no sin antes pronunciar una maldición.

—¡Paola! ¡Hija! ¿Dónde estás?

Paola no podía dar crédito a lo que escuchaba; era la voz de Vicenzo Finamore la que ocupaba ahora el lugar de los disparos que habían cesado. Cuando trató de contestar, se dio cuenta de que estaba amordazada y apenas podía moverse por las esposas que la mantenían sujeta a la pared. Con sumo pavor observó que por una de las esquinas de la cabaña se estaban levantando gruesas llamaradas que amenazaban con consumirlo todo en unos instantes, pero a pesar de sus intentos por zafarse de las cadenas, lo único que lograba era que estas se apretaran más y más en torno a sus muñecas. La voz de Vicenzo y de otros hombres seguían buscándola entre los escombros que ya se acumulaban en la entrada.

—¡Paola! ¡Isabel! ¿Dónde están? ¡Por Dios, contesten!

En ese momento, la figura de Agnolo se levantó. De algún modo había podido liberarse y, extendiendo la mano, arrancó la clavija en la pared a la que estaba sujeta Isabel. Como si se tratara de una pluma, la levantó y corrió con ella hacia la puerta de la sala, que ya estaba rodeada por el fuego. Paola tomó el ejemplo de Agnolo y, en vez de halar sus esposas, tomó la clavija y luchó por desprenderla de la madera, hasta que lo logró, poniéndose en pie de inmediato. Con desesperación, se dirigió hacia la puerta por la que había salido Agnolo y, cuando estaba a punto de alcanzarla, sintió una especie de garra que la atrapaba por su pie derecho. ¡El secuestrador aún estaba vivo y pretendía mantenerla allí para que muriera junto a él!

Vencida por el cansancio y a punto de asfixiarse por el humo que invadía la estancia, luchó por zafarse de la mano del criminal; sin embargo, al igual que las esposas, estas la apretaban ante cada nuevo esfuerzo. Como pudo, con sus manos ensangrentadas se quitó la mordaza y gritó.

—¡Auxilio! ¡Aquí estoy! ¡Sálvenme!

En ese instante, un enorme pedazo de techo se desprendió, acrecentando las llamas y cerrando el camino hacia la salvación. Las piernas del secuestrador quedaron atrapadas por el fuego y su cuerpo comenzó a arder, provocándole una especie de danza macabra que le hacía proferir verdaderos aullidos. Paola sintió que no tenía escapatoria.

—¡Dios mío! ¡No permitas que muera de esta manera! ¡No lo permitas, Señor!

Cuando ya cerraba los ojos para abandonarse a la muerte, un estrépito se oyó a sus espaldas y de inmediato sintió que la levantaban en el aire, llevándosela de allí.

98

Antes de perder la conciencia, le dio gracias a Dios por enviar a su ángel para llevarla al cielo.

Los primeros reflejos de la mañana se hacían presentes sobre la cresta de los montes cercanos. Paola respiró el aire fresco y apreció el bálsamo que significaban aquellas toallas húmedas sobre su rostro aún candente. Poco a poco identificó los rostros de Isabel y de Vicenzo, entre otro grupo de hombres armados que la rodeaban. Sin adaptarse del todo a la realidad, preguntó:

—¿Dónde está el ángel?

Agnolo, entendiendo que se referían a él, se abrió paso y le dijo:

—Aquí, mi querida prima, aquí. Solo que estoy respondiendo algunas de las preguntas de la Policía. Ya los paramédicos te atendieron, dicen que te pondrás mejor en un par de días.

Sonrió al pensar que, en efecto, Agnolo era un ángel. Apretó la mano de Isabel y la de Vicenzo, quienes le expresaban palabras de aliento.

—Gracias, gracias. Y tú, Vicenzo, cómo llegaste hasta aquí.

—Tan pronto tuve noticias de que Giuseppe Bronzino te tenía en su poder, puse todas mis energías en tu favor. Vine hasta acá con la Policía y te rescatamos.

—¿De qué Giuseppe me hablas?

—De "il Porco", uno de los más redomados bandidos de por aquí. Ya me le he enfrentado antes, pues siempre ha querido hacer fortuna con extorsiones a los hacendados de la provincia, pero le tenemos la huella medida. Lástima que no hubiese estado junto a sus secuaces, le hubiera esperado su mismo fin.

—Me imagino que te refieres al gordo que dirigía todo esto.

—Así es, hija, pero ya no te preocupes. Los secuestradores están muertos y la Policía dice que capturará a "il Porco" en cuestión de horas. Ahora es preciso que te tranquilices, te vamos a llevar a Padula a una revisión médica y luego te vas a nuestra casa, donde te repondrás de todo este mal rato.

Isabel le cambió las compresas frías que habían puesto sobre su rostro mientras los demás ayudaban a subir su camilla a una ambulancia de la Policía. Al avanzar entre la gente, Paola pudo observar, a un lado de los escombros de la cabaña, los cuerpos calcinados de quienes hasta hace poco habían sido sus carceleros. La imagen de su propio cuerpo, tan cerca de las llamas, le provocó un llanto silencioso que trató de disimular, sin conseguirlo.

CAPÍTULO 11

Otra vez en Sala Consilina, en la casa de Vicenzo Finamore, en la que se hallaban enclavadas sus raíces, Paola pudo sentir el aire de paz que tanto le agradaba. Enterados de su situación, algunos parientes lejanos vinieron a conocerla, a charlar y a traerles recuerdos de familia; entre ellos estaban algunos de Isla Pico, en Las Azores, como Iveth, así como otros de diversas partes de Italia.

A la sombra de los hermosos paisajes de Sala Consilina, Paola escuchó las historias de sus parientes de las islas portuguesas. Así supo sobre su abuelo José Homem Rodríguez, conocido por ella como Pin, cuyos datos documentó en su diario de viajes. Según los aportes que logró recopilar de manos de sus familiares, José nació el 13 de agosto de 1866, y fue bautizado el 15 de agosto de ese año en la parroquia Sao Matheus. Hijo de José Homem Jorge (1809—1902, agricultor) y Anna María Rodríguez (1824, ama de casa), ambos vecinos de Sao Matheus. Fue nieto de Antonio Homem Jorge (1780—1847) y Eugenia do Rosario Coraçao d´Jesús Machado (1778—1868), y sus abuelos maternos fueron Miguel Rodríguez García y María Ignacia.

Entre los papeles que estaban extendidos en la mesa, también estaban algunos que revelaban los nombres de los hermanos de su abuelo Pin, quien tenía un sobrino, hijo de su hermano Antonio, cuyo hijo mayor aún vivía en Los Estados Unidos. En Isla Pico sabían que Pin y su sobrino se intercambiaban cartas, pero se suspendió la comunicación y no supieron más de Pin. Cuentan que una vez llegó una carta para Antonio Homem Jorge.

Como la carta solo decía en la dirección "Pico" no se atrevieron a abrir la carta pensando que debía ser para alguien en Portugal (tierra firme) y la devolvieron al correo. El señor siempre se lamentó de no haber abierto esa carta y hablaba mucho de eso, ya que no recibieron ninguna otra.

Paola les ofrece algunos correos electrónicos para que establezcan comunicación por Internet, en una forma más cómoda, informándoles que el hijo del sobrino de Pin, Manuel Martins, aún vivía en Boston, y que tenía muchas referencias sobre la Isla de Pico.

Iveth les habla de su isla, invitándolas para que fuesen a visitarla, estableciéndose enseguida un compromiso de dedicarle el siguiente viaje. Les había llevado algunas postales, donde se apreciaban sus costas formadas por acantilados de cientos de pies de alto, en cuyas bases se observan algunos puertos. Iveth también les contó que la actividad volcánica es continua en la isla y que en el pasado algunos terremotos y erupciones volcánicas han destrozado los pueblos, pero les pide que no se dejen atemorizar por esas historias y que vayan a pasarse las próximas vacaciones en su hogar.

Poco a poco se teje la historia de cómo Pin llegó a Panamá, pues en Isla Pico había sobrepoblación, pobreza y poco empleo. No había muchas esperanzas de superación, ellos trabajaban duro para poder subsistir, pagar los impuestos y el arriendo de las tierras. A finales del siglo XIX, el gobierno de Portugal impuso el servicio militar obligatorio para los jóvenes desde los dieciséis años. Esto motivó una gran emigración ilegal de los jóvenes. Por ese entonces, los barcos balleneros se detenían en Las Azores a suplirse de alimentos y de mano de obra de pescadores. Los jóvenes se introducían en forma

102

secreta en los barcos con la esperanza de ir en busca de una mejor vida, obviando el servicio militar en Portugal o en alguna de las colonias portuguesas. No les pagaban casi nada y no tenían ningún beneficio.

Los jóvenes de Azores no tenían motivos para querer servir a Portugal debido a la situación de pobreza y abandono en que mantenía Portugal a las islas. Encima de eso, Portugal implementó una ley donde los jóvenes en edad de servicio militar que desearan emigrar debían pagar trescientos dólares.

La emigración ilegal se hizo común, aunque eran multados si eran sorprendidos por las autoridades. Era frecuente ver a padres y madres acompañando a sus hijos en medio del frío y el viento de la noche para esperar en la costa a que un bote los recogiera y los llevara a los barcos balleneros. Muchos se deslizaban por los empinados acantilados y arrecifes y nadaban grandes distancias entre las olas para llegar a los barcos. De barco en barco fue como Pin viajó a Panamá; frente a sus costas, se tiró al mar y nadó varias horas hasta alcanzar la tierra firme, donde con el tiempo fundaría una familia.

Allí, en Sala Consilina, Paola conoció también a Marus, una joven a quien, tan pronto vio en la calle, la atrajo por su simpatía. Solo fue necesario que conversaran unos minutos para enterarse de que compartían la misma sangre de los Finamore

El encuentro con nuevos familiares apasionaba a Paola y renovaba las vivencias en el hogar de Franco y Vicenzo Finamore, quienes habían recibido grandes muestras de aprecio de los vecinos del lugar por su rotundo éxito sobre la banda de secuestradores capitaneada por "il Porco". Durante esos días, recibían muchas visitas, como si se tratara de auténticos héroes locales. En cierto modo, la casa y el pueblo todo vivían una celebración.

Una noche, antes de dormirse, Paola le contó a Isabel, llena de satisfacción, algo que rondaba por su mente en esos últimos días.

—¿Sabes? Creo que la verdadera magia de Vittoria Scola ha sido reunir a tantos parientes desperdigados por el mundo, aún después de transcurridos quinientos años, y que renueven sus lazos de amor.

—De veras, viendo el mundo como está, ahora eso está más difícil que transformar el plomo en oro.

CAPÍTULO 12

Paola caminaba una tarde por el jardín, contemplando el hermoso paisaje que tanto le fascinaba. Agnolo había venido a visitarlas, pero se quedó en la terraza conversando con Isabel sobre arte y pintura, que de eso ambos sabían mucho. Entre las plantas, Paola observa la figura alta e imponente de Vicenzo, apuntalando unos rosales.

Le agrada su compañía y sus anécdotas, y siente genuino placer al sentir que por sus venas y las de ella corre la misma sangre, mucho más después de saber que él encabezó la redada que acabó con la angustia de su secuestro. El hombre la ve venir y se seca el sudor del rostro, sonriéndole.

—Vicenzo, me imagino que un hombre como tú, debe haber estado casado, ¿o no?

Vicenzo se quita el sombrero que cobija su cabellera canosa, se abanica con él, revelando las emociones que surgen ante esa pregunta y luego se queda en silencio. Ella teme haber cometido una indiscreción y trata de cambiar la conversación.

—Oh, discúlpame tío, si te molesto. Perdona mi imprudencia.

Vicenzo la vuelve a ver con ternura, le sonríe y se sienta en una de las piedras que adornan las veredas del jardín.

—Tengo más de quince años que no hablo de ese asunto, pero tú eres de la familia y debes enterarte.

Hace una prolongada pausa, respira profundo y prosigue.

—Me casé hace treinta años. Mi esposa se llamaba Ximena. Era bellísima, de cabellos largos, negros, como

105

los de una gitana, su piel blanca y suave como el pétalo de estas rosas. Su recuerdo no se ha borrado de mi mente. Además, su belleza espiritual también me cautivó, era una mujer de buenas costumbres, una madre ejemplar y una magnífica esposa.

Vicenzo suspende el relato, su mirada triste, perdida en la distancia, muestra un inmenso sufrimiento. Voltea el rostro y observa a Paola conmovida por el dolor que intuye en su querido tío. Él le sonríe y continúa.

—Al año de casados tuvimos una linda bebé, le pusimos el nombre de Renata. El padre de Ximena era un empresario exitoso y con mucho dinero, pero también con numerosos enemigos. Uno de sus socios lo había extorsionado, él lo acusó y lo encarcelaron. El delincuente prometió vengarse y así lo hizo. Al salir de prisión tres años después, planeó secuestrar a Ximena y a mi hija recién nacida para pedirle rescate al hombre que lo encarceló.

Paola estaba muda por la sorpresa. Nunca se imaginó que Vicenzo hubiera sufrido de esa manera tan espantosa. Vicenzo bajó la voz, su rostro expresaba un inmenso desconsuelo y le contó cómo el malhechor, una mañana, cuando su esposa llevaba a su hija al médico, las abordó y las amenazó con una pistola para secuestrarlas. Ximena se rebeló y él le disparó directo a la cabeza. Murió al instante. El homicida se llevó a la bebé. No llamó para pedir rescate y nunca más se supo de ellos.

La Policía investigó por más de un año sin resultados aparentes. El más afectado fue el padre de Ximena. Él contrató a varios detectives privados para encontrar a su nieta y vengarse del hombre que había matado a mansalva a su única hija. La niña apenas había cumplido su primer año. Él se sentía culpable y murió poco después. Su corazón no pudo soportar el inmenso dolor que le oca-

106

sionó la muerte de su hija y la desaparición de su nieta. No tenía más herederos y me dejó su cuantiosa fortuna con el encargo de que se la entregara a mi hija cuando la encontraran, porque él sabía que iba a aparecer. Todavía en su lecho de muerte me pedía perdón, y me decía que no dejara de buscarla nunca, porque ella iba a regresar conmigo. La he buscado todos estos años, he invertido mucho dinero en esto, pero he llegado a pensar que ya todo es inútil.

—Ella es la niña del retrato en la sala, ¿verdad?

—Sí, compréndeme que me cuesta hablar de ella ante los extraños, pero tú.

—Entiendo, lo siento mucho, y quisiera poder hacer algo.

Vicenzo se sirve un vaso de agua de una botella que lleva consigo. Lo toma despacio, sus ojos están llenos de lágrimas. Con frases entrecortadas explica que nunca ha podido olvidarlas, que eso ha hecho imposible que se vuelva a casar, y lo que es peor. ya las posibilidades de encontrar a su *bambina* se han tornado casi nulas.

—No pierdas la esperanza, si Dios quiere vas a encontrar a tu hija.

Vicenzo hizo levantó las manos al cielo y puso su vista en lo más alto.

—Dios sabe cuánto le he implorado cada noche por un milagro; si Él no me lo ha concedido, no es porque yo no haya sabido ponerme de rodillas y humillarme ante su presencia. Mi padre también sufrió todo eso; quería mucho a Ximena, y su nieta fue la alegría de su vida. En los primeros años, se sumió en una severa depresión, hasta pensamos que iba a morir. Sin embargo, nos contó que una noche soñó con Ximena, que le decía que la niña había sobrevivido y que estaba bien cuidada. A partir de ese momento mi padre recuperó su salud y volvió a su vida normal, aunque yo sé que la procesión va por dentro. De allí viene la aversión tan grande que sentimos ante los delincuentes, ante toda esa estirpe de canallas.

Vicenzo confesó que a partir del sueño de su padre él también en cierta forma se había consolado, pensaba que esa era una revelación válida. Paola no encontró palabras para reconfortar a su tío y apenas atinó a ponerle una mano sobre el hombro y a pedirle que no perdiera la fe.

—*Cara* mía, tu anuncio está influenciado por el gran cariño que me tienes. Ya casi he perdido la esperanza de hallar a mi hija. Dije casi, porque alentaré mi fe hasta el último día de mi vida.

En la noche, antes de dormir, Paola le cuenta la historia de Ximena y de Renata a Isabel, quien se muestra impresionada. Al final, acepta que fueron buenas sus palabras de consuelo.

—Pobrecito, hay que subirle la moral.

—Quiero que sepas que no fue solo con ese fin que se las dije. Algo dentro de mí me dice que Renata está viva y que antes de que nos vayamos voy a verla abrazada a su padre.

—¡Mujer! Si ya faltan días para nuestro regreso a Panamá. Además, esa niña ya debe tener como treinta años, debe ser toda una mujer.

Paola no quiso polemizar con Isabel y fingió dormir para dedicarse a sus meditaciones, mientras Isabel sigue haciéndole comentarios. Tan pronto cierra los ojos, un sueño acude a su mente. está en una ciudad extraña, va caminando por una calle concurrida que se extiende paralela al mar, en el que se ven grandes barcos y al fondo, más lejos, una montaña elevada, con dos picos; en un local observa a una joven que le sonríe y la saluda con familiaridad, ella le devuelve el saludo y en ese momento alcanza a ver un letrero sobre el local que dice: "B@ ccheli". De inmediato despierta, y aunque se imagina que han pasado largos minutos, se percata de que Isa-

108

bel sigue hablando sin darse cuenta de que ella se había dormido.

—Isabel.

—¿Qué?

—Dime una ciudad que tenga una calle paralela al mar, concurrida.

—¿Aquí en Italia?

—Sí.

—Debe tener puerto, barcos, con una montaña enorme que ostenta dos picos.

—Podría ser Brindisi, Livorno, ¡Nápoles! Nápoles tiene el Vesubio, que se levanta con dos picos en la lejanía.

—Nápoles, Nápoles está cerca de aquí.

—¿Y eso? ¿Alguna trivia?

—¿Crees que Agnolo quiera acompañarnos a Nápoles?

—No sé.

—Si tú le dices que vas a ir, él también irá.

—¡Oye, oye! ¿A qué te refieres?

A la mañana siguiente, sin que Paola les explicara del todo el motivo del viaje, los tres partieron para Nápoles. Por el camino, ella le preguntó a Agnolo que si él viese un local que se llamara "B@ccheli", en qué pensaría de inmediato.

—Con ese signo de arroba, en un servicio de Internet.

—Un café Internet, ¿cierto?

—Sí, creo que así los llaman.

Con esa respuesta en mente, Paola se dirigió a la primera cabina telefónica que encontró a la entrada de la ciudad. Allí tomó el directorio y buscó la dirección. No había ningún lugar comercial que llevase ese nombre. Le pidió a Agnolo que se dirigiera por las calles principales, en especial las que bordeaban el mar, y así lo hicieron, sin que entendieran el propósito de todo aquello. A principios de la tarde, mareados de tantas idas y vueltas, pararon a comer en un restaurante que se veía acogedor. Se sentaron junto a la vidriera que daba a la calle y pidieron algo liviano, ya que los estómagos de los tres giraban todavía en círculos, como si el viaje laberíntico por la ciudad continuara. Aún no les habían servido lo que solicitaron cuando Paola pegó un grito.

—¡Allí está!

Del otro lado de la calle, un camión se había parado y cuatro muchachos descargaban un enorme letrero que se disponían a colocar en la fachada. "B@ccheli". Arriesgándose a ser arrollada por un auto, Paola cruzó la calle corriendo, y penetró en el local. El sitio estaba vacío, excepto por algunos muebles y varias computadoras, aún dentro de sus cajas. Un hombre se adelantó para decirles que el local aún no estaba abierto, que regresaran la semana siguiente, pero la euforia de Paola era avasallante.

—¡Por favor, quiero hablar con Renata! ¡Quiero hablar con Renata!

—Señora, contrólese. ¿De qué Renata me está hablando usted?

—De Renata Finamore, mi prima.

En ese momento, ya habían llegado Agnolo e Isabel, jadeantes, y trataron de tranquilizarla. El hombre le seguía explicando, aunque ya un poco molesto.

—Le digo que aquí no conocemos a ninguna Renata Finamore, usted debe estar equivocada.

Paola comprendió, el espectáculo que estaba protagonizando. Los obreros habían suspendido sus labores y la miraban, algunos transeúntes se habían parado a ver el escándalo y, encima de eso, Isabel y Agnolo trataban de sacarla del local.

—Está bien, está bien. Ya me voy. Pero dígame una cosa, señor. ¿Es usted el dueño de este local?

110

—Soy el administrador, la dueña es la señora Grazia Baccheli.

—¿Puedo hablar con ella?

—Lo siento, ella regresa de Roma esta noche. Tal vez pueda verla mañana. ¿Desea trabajar aquí? Creo que los puestos ya están cubiertos.

—Oh, no, no se trata de eso, es que somos parientes. Regresaré mañana.

Salieron del lugar, Agnolo e Isabel reprochándole su actitud, y volvieron al restaurante, donde acordaron pasar la noche en Nápoles a cambio de que Paola les contara qué era en realidad lo que se traía entre manos ahora. Acordaron que ella les relataría todo mientras aprovechaban para conocer la ciudad.

Después de almorzar visitaron los alrededores, las excavaciones de Pompeya y Herculano, las laderas del Vesubio, el Palacio Real de Caserta, los Campos Flegreos. Luego hicieron un breve itinerario en busca de los mitos y la fe, atraídos por los misterios y la historia napolitana. Caminaron por el barrio de Spaccanapoli, una especie de museo a cielo abierto, con mansiones suntuosas, templos repletos de oro y mármol y talleres de artistas y estuvieron frente a la iglesia barroca del Gesu Nuovo, con su fachada renacentista, y luego cruzaron a visitar la iglesia de Santa Chiara, cuya fachada gótica fue destruida por los bombardeos de 1943.

A primeras horas de la noche, luego de informarles a los Finamore que se quedarían en Nápoles, se hospedaron en el Hotel Vesubio, el más antiguo de la costa, donde Isabel descubrió que estaba la suite Caruso, en la cual el famoso tenor pasó su última noche, por lo que en el lugar se conserva aún el piano del maestro. Se arreglaron y salieron a dar un agradable paseo al centro histórico, entre callejones llenos de vida y color. Después prosi-

111

guieron hacia el paseo marítimo y disfrutaron la belleza del Golfo, vislumbrando las luces de las islas de Ischia y Capri, finalizando con una cena en la que disfrutaron los platos de la cocina napolitana.

Llegaron al hotel casi al borde la medianoche, rendidos; pero, aun así, Isabel encontró un pretexto para quedarse charlando con Agnolo. Paola despertó a la mañana siguiente, y no pudo menos que sonreír al notar que su amiga del alma no había ocupado su cama durante la noche.

Pasado el desayuno y luego de un breve recorrido por la ciudad, para hacer tiempo, se dirigieron al "B@ccheli" donde ya se notaba el letrero colocado en su posición. Tan pronto entraron al local, Paola divisó a la elegante mujer que estaba dirigiendo a los trabajadores que colocaban las mesas y las computadoras en su sitio. Apenas ella sintió el taconeo a sus espaldas, la miró y le dedicó una amplia sonrisa.

—A ver, no me diga, ¿usted es la persona que estuvo preguntando por mí ayer?

—Sí, soy yo. Paola Moreno Finamore.

—Mucho gusto, Grazia Baccheli. A ver, ¿y en qué puedo servirle? Creo que dijo ayer que somos parientes, ¿cómo es eso?

—En verdad, yo soy panameña, y estoy de paso por aquí.

—¡Qué interesante! ¿Y cómo nos conocemos?

—No, no nos conocemos. Antes de proseguir, los que se quedaron en la puerta son mis amigos Agnolo, de Florencia, e Isabel, de Panamá.

Grazia saluda a la pareja con un movimiento de manos y una sonrisa. Parece interesada en lo que le puedan decir, pero Paola no sabía cómo continuar.

—Disculpa, ¿naciste en Nápoles?

112

—No y sí. No porque nací en otro lugar, y sí, porque estoy aquí desde pequeña.

—¿Vives con tus padres?

El rostro de Grazia se ensombrece y responde bajando el tono de la voz.

—No conocí a mis padres. Ellos me entregaron en adopción.

—Lo lamento mucho, perdone mi imprudencia.

—No te preocupes. Pero vivo aquí cerca, en las afueras, en compañía de mi esposo y mis dos hijos.

—¿Tienes hijos?

—Sí, tengo dos hijos.

—¿Cómo se llaman?

—La niña se llama Carmenza y tiene cinco años y el niño, Franco y tiene dos.

—¡Franco! ¿Por qué Franco?

—No sé, siempre me gustó ese nombre. ¿Pasa algo?

—No, nada, solo que hay un Franco en mi familia.

—Sí, hay muchos Franco en Italia. Y ustedes, ¿dónde se hospedan?

—En el Hotel Vesubio, pero hoy debemos regresar a Sala Consilina.

—¿Conoces el lugar?

—No, pero mis padres adoptivos me hablaron un día de ese lugar.

—¿Qué te dijeron?

—Me decían que no fuera allá jamás. No sé por qué.

—No has pensado que quizás tus padres vivían allá y, aunque no querían abandonarte, las circunstancias los obligaron. ¿Nunca averiguaste qué pasó con ellos?

—No me interesé en saber sobre mi pasado ni mis familiares, asumí que ellos me abandonaron y no quise saber más sobre el asunto.

Isabel, que se ha acercado a las dos, interviene para darle un corte final a tan embarazosa situación.

—Es mejor que cambiemos de tema. Tal vez Grazia no desee recordar esa historia que tanto la hizo sufrir.

—Un momento, ahora soy yo la interesada, ¿es que saben ustedes algo que yo ignoro?

—Todavía no, pero si supiera algo sería una buena noticia para ti. ¿Te molestaría que viniera a visitarte otra vez esta tarde?

—No, estaré aquí trabajando.

Salieron del lugar y Paola se dirigió a una cabina telefónica. Desde allí logró comunicarse con su tío Vicenzo y le pidió que confiara en ella y le contestara si su Renata tenía alguna marca de nacimiento, algo que permitiera reconocerla sin dudas posibles. Con voz trémula, pues presentía de qué se trataba aquello, le contestó.

—En la cadera, a la derecha, tiene un lunar en forma de media luna, el mismo que tenía Ximena.

—¿Alguna otra marca?

—No. Solo eso.

Por la tarde, después del almuerzo, Paola volvió sola al local de Grazia. Ella la recibió como a una vieja amiga, y le explicó los problemas que confrontaba para lograr una adecuada instalación eléctrica que sirviera para todas las máquinas. Cuando se vio interrumpida por la extraña advertencia.

—Grazia, te voy a preguntar algo que te va a asonar rarísimo, pero te prometo que si tu respuesta es negativa no me verás aparecer por aquí a importunarte nunca más.

—Ya casi me das miedo, pero está bien, pregunta:

—¿Tienes un lunar en forma de media luna a la derecha de tu cadera?

La muchacha soltó unas conexiones de impresora que sostenía en ese momento y, poniendo la cara seria, devolvió la pregunta:

—¿A qué se debe todo esto?

—Por favor, confía en mí.

—Exijo saber cuál es el propósito de este interrogatorio.

—Por favor.

—Digamos que sí, ¿qué pasa?

—Dios santo, que tu padre te ha estado buscando desde hace casi treinta años, que no hay día con sus noches que no le implore al Creador y a todos sus ángeles para encontrarte, que él y tu abuelo se consumen de tristeza porque no estás con ellos, ¡y que no te llamas Grazia Baccheli, sino Renata Finamore!

Estupefacta, Grazia seguía mirando con dureza a la mujer que tenía por delante. Por momentos parecía que iba a echarla de su local, pero cuando vio cómo las lágrimas, se acumulaban en sus ojos, cedió en su disgusto y en su sorpresa y solo respondió.

—Espero que no se trate de una broma, y espero que usted sepa de lo que está hablando, porque si no.

—Cuando sepas la historia que hay detrás de ti, vas a bendecir el día de hoy, Renata Finamore.

Al otro día, a primera hora, Franco y Vicenzo Finamore los acompañaban, mientras esperaban con impaciencia que se abriera el local donde Paola creía haber encontrado a la nieta y a la hija de ambos. Cuando ella dio la vuelta en la esquina, caminando entre una gran cantidad de personas, los dos abrieron la boca, impávidos, pero fue Vicenzo el que reaccionó primero.

—¡Señor bendito! ¡No puede ser! ¡Es Ximena!

Cuando Grazia se detuvo frente a los abismados recepcionistas, no pudo menos que sonreírse.

—Paola, esto lo entiendo menos cada vez, ¿qué pasa? ¿Y estos señores?

Vicenzo había tomado su mano, temblando, mientras trataba de expresar sus ideas, cortadas por la emoción. Franco la miraba, absorto, con los ojos húmedos, mientras los demás se habían hecho a un lado para contemplar

115

la escena. Fue Paola la que se sintió obligada a interceder.

—Grazia, creo que esta será una de las últimas veces que alguien te llamará por este nombre. Vamos a entrar para contarte una historia que habrá de cambiar tu vida para siempre, aunque será para bien tuyo y el de estos dos buenos hombres que, estoy segura de que así lo comprobaremos pronto, son tu padre y tu abuelo.

De un bolsillo de su camisa, Vicenzo extrajo un pequeño marco ovalado de plata, en el que estaba la foto de Ximena, joven. Cualquiera hubiese dicho, al verla, que se trataba de un retrato en sepia de Grazia Baccheli. Todo su cuerpo se estremeció cuando le dio un beso a la foto y se la entregó a la muchacha.

Ese mismo día, después de conocer los sucesos que habían motivado el encuentro, Grazia pidió que le permitieran hacer una verificación de ADN para corroborar lo que ya parecía un hecho cierto, pues, como ella les contó, entre sus propiedades de niña, que aún conservaba, había una cadenita con medalla, grabada con las iniciales "RF" en su anverso, las que nadie le pudo explicar nunca y que ahora, a la luz de aquellas revelaciones, cobraban sentido.

—Es cierto, llevabas esa medalla el día del secuestro —afirmó Vicenzo.

—Te la regalé yo el día de tu primer cumpleaños —agregó Franco.

—¿Recuerdan de qué santo o santa era la imagen? —preguntó Grazia con un último destello de duda.

—Querida mía, es la imagen de San Genaro, a quien siempre le he debido devoción —le contestó Franco con dulzura.

Grazia se abrazó a su abuelo, llorando, incapaz de dudar un segundo más de lo que ya era evidente.

—*Bambina* bella, no llores, alégrate porque estamos juntos al fin.

116

—Lloro de felicidad porque ahora comprendo que acabo de encontrar a mi familia, a la que creí perdida para siempre, y hasta olvidada.

Ese mismo fin de semana se reunieron en la casa de los Finamore, en Sala Consilina, los nuevos integrantes de la familia. Renata, su esposo Lorenzo, y Carmenza y Franco, sus dos niños. Los informes preliminares de la compatibilidad sanguínea habían salido positivos, y solo se esperaba, ya como una mera formalidad, los resultados del ADN. Todos los que habían conocido a Ximena juraban que Renata era una imagen idéntica, y lo mismo decían de sus hijos, en quienes veían la marca de los Finamore.

Vicenzo había puesto al tanto de aquel desenlace a las autoridades de la provincia, quienes habían reabierto el caso del secuestro para determinar posibles responsabilidades, aunque Renata abogó por sus padres adoptivos, exigiendo que de ningún modo se les encausara por un hecho en el que ellos no habían tenido participación. En efecto, según estos contaron a las autoridades, una mañana se había aparecido un hombre a su granja, diciéndoles que venía de Sala Consilina a buscar trabajo en Nápoles, y les había pedido que cuidaran de su hija, quien presentaba fiebre alta, mientras él iba a la ciudad a traer medicinas y alimentos. Ellos así lo hicieron; sin embargo, el hombre nunca regresó y la niña creció entre ellos, que no habían tenido la bendición de un vástago, rodeada siempre del amor que le ofrecieron.

Vicenzo pidió la palabra en medio de la ceremonia familiar para agradecer y resaltar las acciones de Paola, palabras que fueron recibidas por todos con vítores y aplausos; enseguida, extrajo de un portafolio varias escrituras que entregó a Renata. Cuando ella quiso saber de qué se trataba aquello, él le explicó.

—Hija, tan pronto se inicie la semana asistiremos a formalizar esto ante las leyes; pero ante el tribunal más sagrado, que es el de la familia, yo declaro que me doy por satisfecho con todas las pruebas que existen alrededor de este caso, y le doy gracias a Dios por haberme permitido recobrar a mi hija, y en prueba de ese convencimiento, te entrego la herencia que dejó a tu nombre tu abuelo materno, a quien un día le prometí, igual que lo hice una y mil veces frente a la memoria de tu madre, que te encontraría donde estuvieses.

Luego, se acercó a ella y le entregó los documentos, junto a un fuerte abrazo que provocó la emoción de todos los presentes. Renata le pidió a Paola, a Isabel, a Agnolo, a sus hijos y esposo, así como a todos los familiares presentes, que se tomaran de las manos y formaran un círculo de amor.

—Gracias, me han dado ustedes el mejor de los regalos, que es el de conocerlos y reunirme con quienes creí perdidos. Nunca pensé que sería tan feliz. Ahora la familia está completa. Paola, viniste a Italia en busca de tus raíces y no solo las encontraste, sino que afianzaste las nuestras.

Hizo una pausa para vencer la emoción, y Franco, buscando una manera para disimular sus propias lágrimas, exclama.

—¿Pero esto qué es? No hay lugar para una lágrima más. Vamos a reír y a bailar.

Enseguida alguien conecta un equipo de música e inician los festejos familiares. Franco conecta el equipo de música y suben el volumen.

Paola se acerca a Agnolo y a Isabel, que bailan y, alzando la voz por encima del jolgorio, les dice:

—Isabel, me siento como si estuviera en Panamá, ¿tú no?

118

CAPÍTULO 13

En vísperas de su regreso a Roma, para tomar el avión que habría de llevarlas a Panamá, Agnolo se acercó a las dos mujeres, con un aire grave en su semblante.

—Quiero proponerles algo, que de algún modo cambiaría los planes que tienen ustedes hasta ahora.

Isabel contestó de inmediato.

—¿Y a qué planes se refiere nuestro ángel guardián?

—Que se muden a Florencia, a mi casa; Italia tiene muchos lugares interesantes que me gustaría que ustedes conocieran; tengo amigos en Roma que nos podían ayudar con los asuntos de la visa y todo eso, se podrían quedar el tiempo que deseen.

—En lo que a mí concierne estaría encantada. Tienes unas de las bibliotecas más espectaculares que he visto, y he visto muchas por todo el mundo.

Paola notó que aquella conversación ya había sido tratada por ellos antes. Isabel y Agnolo habían desarrollado una relación que apuntaba más allá de aquellas simples vacaciones.

—Tendría que considerar esa invitación para un próximo viaje. Hay algunos asuntos que me esperan en Panamá y los que no podría abandonar así de improvisto. Y en lo que a ti respecta, Isabel, ¿las clases en la Universidad no se inician la próxima semana?

—Ya envié un correo electrónico al rector y a la decana, solicitándole una licencia por estudios; pondrán un profesor asistente mientras tanto.

—Ya veo, ya veo, es decir, se trata de un asunto ya discutido y ya finiquitado.

119

—No lo tomes así, por favor.

—¡Vamos, pero si todo está bien! Lo único que me parece un poco apresurado todo esto. ¿De qué vas a vivir en Florencia?

—Ustedes conocen mi casa, mi posición, a Isabel no le faltará nada; además, le escribí a un pariente que dirige la Facultad de Bellas Artes, en Florencia. Hay un programa de intercambio de docentes en los que Isabel tendría buena acogida.

—Entonces, mi opinión está de más, regreso sola a Panamá.

—Si eso es lo que deseas, porque hay buenas oportunidades allí para ti.

—Les agradezco, y les prometo considerarlas para mis próximas vacaciones.

—Que van a ser pronto porque tan pronto arregles las cosas pendientes que tienes en Panamá, te voy a enviar los boletos de avión para que retornes.

—¿Y eso?

—Porque quiero que seas la madrina de mi boda con Isabel.

—¡Jesús! ¿Y con boda y todo?

—Por supuesto, te queríamos hablar de esto, amiga, pero tu vida de redentora casi no deja espacio para nada.

—Bueno, déjenme decirles que esta noticia me hace feliz.

—Además, cuando hagamos la fiesta de bodas, lejos de todos esos sobresaltos que hemos vivido, te presentaré algunos amigos solteros, divorciados y hasta viudos, todos de buena posición, que matan por una mujer guapa e inteligente como tú.

—Ya veo que has tenido en cuenta hasta los detalles, pero no te preocupes de que como dicen en mi tierra.

"Matrimonio y mortaja del cielo baja".

—Pero no está mal una ayudita, así que te vas a ir preparando para una fiesta a lo grande.

Isabel se había mantenido al margen de la conversación, quería calibrar la opinión de su gran amiga en este paso tan delicado que ella estaba dando. Se sintió aliviada al verla reír con las ocurrencias de Agnolo, fue hasta ella y se la llevó a la terraza, donde le dio un fuerte abrazo.

—Gracias, amiga del alma, no hubiese sabido qué hacer si tú no me apoyabas.

—¿Y por qué no iba a apoyarte? Eres una mujer adulta y este primo mío ha resultado todo un ángel para nosotras y sé que lo seguirá siendo contigo. Además, se te va a cumplir el sueño dorado de trabajar en Europa que siempre me manifestaste. Te prometo que tan pronto me confirmen la fecha, vendré a ser tu madrina en esa boda.

—Gracias, hermana. No puedo creer que la vida sea tan maravillosa. Te tengo a ti como mi principal soporte y he encontrado el amor de este hombre que me ha hecho renovar todas mis ilusiones. Ya sabes que en mi vida he tenido varios fracasos sentimentales, pero ahora soy correspondida, él me quiere de una forma hermosa. No sabes lo que significa vivir en la ciudad de mis sueños y junto al hombre que amo. A veces siento que estoy loca.

—¿Qué enamorada no lo está? Pero no te preocupes, es una locura necesaria.

En ese momento, Agnolo se aclara la garganta tras de ellas, lleva una bandeja con sendas copas de vino y las invita a hacer un brindis por su felicidad. Luego de probar la bebida, le reitera su oferta a Paola.

—Debes saber que tengo propuestas interesantes que hacerte si decides quedarte a vivir en Florencia, en

Roma, o aquí mismo en Sala Consilina. En cierto modo, esta también es tu casa.

—Así es. Cuando llegué a esta tierra me enamoré de ella. Es más, sentí la sensación de que era mi patria. Sin embargo, ahora cuando tengo la oportunidad de vivir aquí, siento que hay una misión cumplida y que solo sería feliz en mi terruño. Panamá es mi patria y siempre lo será. Uno de nuestros poetas más famosos, Ricardo Miró, le dijo a su tierra, en un momento similar a este. "Quizás nunca supiera que te quería tanto si el hado no dispone que atravesara el mar".

EPÍLOGO

En el aeropuerto, Vicenzo Finamore le entregó a Paola un recuerdo que deseaba que conservara siempre. Había mandado a labrar un marco de oro y dentro de él, estampado en una lámina del mismo metal, había hecho grabar la oración de San Francisco de Asís.

"Oh, Señor, hazme un instrumento de Tu Paz.
Donde hay odio, que lleve yo el Amor.
Donde hay ofensa, que lleve yo el Perdón.
Donde hay discordia, que lleve yo la Unión.
Donde hay duda, que lleve yo la Fe.
Donde hay error, que lleve yo la Verdad.
Donde hay desesperación, que lleve yo la Alegría.
Donde hay tinieblas, que lleve yo la Luz.
Oh, Maestro, haced que yo no busque tanto
ser consolado, sino consolar;
ser comprendido, sino comprender;
ser amado, como amar.
Porque es dando, que se recibe;
Perdonando, que se es perdonado;
Muriendo que se resucita a la
Vida Eterna".

La oración venía acompañada por la frase. "A Paola, con la gratitud eterna de Franco, Vicenzo y Renata Finamore", y la fecha de aquel día.

—Es un símbolo de nuestro agradecimiento, y una forma de decirte que serás bienvenida siempre en esta tierra y en esta casa.

—Qué hermoso presente. Pero debe haberte costado una fortuna.

—En realidad, nada. Mandé a fundir las dos láminas de oro que Bronzino nos hizo llegar diciendo que eran la prueba de que tú podías transmutar el plomo y un amigo joyero hizo este trabajo. Precioso, ¿verdad?

Paola se quedó estupefacta ante aquella revelación. Lo que ella tenía entre manos era oro, oro auténtico, trabajado por expertos en la materia. Iba a preguntarle sobre el hecho a Vicenzo, pero en ese momento, una avalancha de abrazos y besos los separó. Los niños de Renata quisieron tomarse una última foto en brazos de ella, y los demás parientes la colmaban de despedidas, promesas de que volverían a reunirse, de que regresara pronto, de que la visitarían en Panamá y tantos y tantos halagos a los que ella no atinaba a responder.

Isabel se hizo un espacio propio entre la multitud y la abrazó, llorosa. Siempre habían sido inseparables, aunque muchas veces las circunstancias de trabajo les impusieron caminos distintos, cuando se volvían a encontrar era como si el tiempo se hubiera detenido. Paola le dijo a Isabel que se alegraba de la realización de su sueño, y lo mismo le expresa a Agnolo, quien no puede ocultar sus lágrimas

—Estoy segura de que se van a llevar bien, los dos son profesionales de primera línea, personas cultas y con nobles sentimientos.

—Pronto te vamos a avisar de la fecha de nuestra boda, te avisaremos con un mes de anticipación para que puedas venir con calma.

Paola abrazó a Franco, diciéndole cuánto lo quiere, y lo mismo hace con Renata y su esposo. A todos los invita a visitarla en Panamá. Agnolo aguarda que Paola esté a su alcance y la abraza y comienza a dar vueltas con ella como un loco.

—Me rescataste de mi tristeza y de mi soledad. Yo era el guardián de unos documentos en los que no comprendía el verdadero sentido, ahora sí lo comprendo. Les diste color a mis días grises. Llenaste de esperanzas mi vida. Con tu llegada se fueron mis depresiones, mis angustias, me trajiste el sol del amor.

—Ya, ya, si te dejo hecho un poeta, tranquilo, te me vas a morir de la emoción y eso Isabel no me lo perdonará nunca.

—Está bien, está bien, pero quería que supieras cuánto te agradezco por todo.

—Agnolo, se acaba el tiempo ¿Después de todo lo que ha pasado crees en la reencarnación? ¿Crees en todo lo que se dice de Vittoria Scola?

—Sí, porque tú cambiaste el plomo de nuestras almas por oro brillante y puro.

Paola miró el cuadro que llevaba en su mano, refulgente, y pensó que sería interesante comentarlo con Agnolo, pero en ese momento, avisaron por los altavoces que su vuelo iba a partir, y se renovaron los besos, los abrazos y las lágrimas.

Mientras el avión cruzaba el Atlántico, de vuelta a casa, Paola no dejó de pensar en los extraños sucesos que habían ocurrido durante su viaje. Debería pasar mucho tiempo para que pusiera en limpio todos sus pensamientos y sacara algunas conclusiones válidas. Había algo que sí tenía claro. la ignorancia, la maledicencia, las intrigas, el miedo, la maldad, todos constituyen auténticos plomos en nuestras vidas, lastres que nos detienen y arrinconan, los que exigen una alquimia específica para ser transmutados en el oro de la paz, del amor y de la sabiduría.

Cuando identificó desde lo alto los perfiles de la tierra centroamericana, y avizoró a lo lejos su Panamá querido, una íntima satisfacción la embargó. Estaba volviendo a su casa.

125

Una voz amable les anticipa que se están acercando al aeropuerto de Tocumen, les recomienda tomar las precauciones necesarias para el aterrizaje y les da las gracias por preferirlos en sus viajes.

Tan pronto sale de los trámites de Aduanas, el bolso en el que reposa el marco de oro con la oración de San Francisco se cae en su apuro, pero antes de que se agache para recogerlo, una mano regordeta se adelanta y se lo entrega.

Paola levantó el rostro para darle las gracias al gentil caballero que la atiende, y enmudece de terror cuando reconoce frente a ella el siniestro rostro de Giuseppe Bronzino, "il Porco". El instinto de conservación la hace reaccionar y con la lámina de metal le proporciona un fuerte golpe al facineroso, quien cae de espalda. Ella aprovecha esta ventaja para salir a toda velocidad. Incapaz de poner en orden su pensamiento, entra al baño de damas, se encierra en uno de los cubículos, extrae el teléfono móvil de su cartera para llamar a la Policía, pero desiste y marca el número de Agnolo en Italia.

El empleado de confianza de su primo contesta.

—Es Paola, necesito hablar urgentemente con el señor Agnolo.

—No puedo molestarlo, se retiró a sus habitaciones.

—Ya le dije que es urgente, póngame a Agnolo al teléfono.

—Señora Paola, usted no se ha enterado, pero ocurrió una desgracia y el señor está afectado.

—¿Qué sucedió?

—Ayer después que los señores llegaron de despedirla, la señora Isabel recibió una llamada, salió sin dar explicaciones y cuatro horas después llamó la Policía para informar que había sido asesinada.

—¡Oh Dios! ¿Asesinada?

126

—Sí, señora.

—¿Quién la mató?

—No se preocupe, ya está detenido.

—¿Lo identificaron?

Sí, fue uno de los secuaces de Giuseppe Bronzino, "il Porco".

Un grito de terror hizo que se pusiera alerta. Una mujer acusaba a un hombre de depravado por encontrarse en el baño de damas. Paola cortó la comunicación y aguardó expectante. El hombre abría una a una las puertas. Ella detuvo la respiración. En el momento que el hombre trataba de forzar la puerta del cubículo en que se encontraba Paola. Se volvió a escuchar a la angustiada mujer.

—Agente, agente, este es el pervertido de quien le hablé. Paola miró por la rendija de la puerta y observó cómo arrestaban al delincuente. Respiró profundo varias veces hasta tranquilizarse. Ella sabe que Porco tiene los medios para salir en cualquier momento, por eso decide regresar a Italia tan pronto pueda, ya que solo hay un hombre capaz de enfrentarse a Giuseppe Bronzino. Vicenzo Finamore.